台湾大陆新娘寻访录

刘健安 著

岳麓書社·长沙

图书在版编目(CIP)数据

台湾大陆新娘寻访录/刘健安著. —长沙:岳麓书社,2020. 1
ISBN 978-7-5538-1170-3

Ⅰ. ①台… Ⅱ. ①刘… Ⅲ. ①纪实文学—作品集—中国—当代
Ⅳ. ①I25

中国版本图书馆 CIP 数据核字(2019)第 205650 号

TAIWAN DALU XINNIANG XUNFANGLU

台湾大陆新娘寻访录

作　　者:刘健安
责任编辑:李郑龙
责任校对:舒　舍
封面设计:贺红梅

岳麓书社出版发行
地址:湖南省长沙市爱民路 47 号
直销电话:0731-88804152　0731-88885616
邮编:410006
岳麓书社网址:www. yueluhistory. com

2020 年 1 月第 1 版第 1 次印刷
开本:700mm×1000mm　1/32
印张:14. 5
字数:158 千字
ISBN 978-7-5538-1170-3
定价:49. 80 元

承印:长沙超峰印刷有限公司

如有印装质量问题,请与本社印务部联系
电话:0731-88884129

“请问，为什么要采写‘大陆新娘’？……”

——代中文简体版序言

二〇一六年五月八日，适逢“母亲节”（注：台湾地区母亲节在五月份），本书台版新书发布会在台北市最大的书店诚品新光旗舰店举行。那天来了不少海峡两岸的媒体朋友，有台湾本土的中天电视、民视、联合报、旺报等媒体，也有新华社、中新社、人民日报（海外版）和香港、澳门驻台湾的媒体。

在发布会的受访环节中，有位台湾媒体的记者问：“请问你为什么要采写‘大陆新娘’？”我不假思索地回答:“为了记录历史！”这位记者朋友顿时满脸疑惑，可能他没料到我竟会将被台湾当局实际上视作“二等半”的“大陆新娘”，提到历史的高度来看待（注：是因二十几年前，台湾当局规定，大陆配偶在台的地位不但次于台湾本岛出生人士，而且还次于外籍配偶，故被称为“二等半”）。由于这个问题不是三言两语能讲得清楚的，当时提问的人又多，对充满疑惑的台湾媒体朋友，我笑了笑，没多加解释。

现在这本书的中文简体版将在大陆出版。出版社的朋友要我写一个自序，简单介绍一下采写《台湾大陆新娘寻访录》的心路历程，于是借此机会谈谈为什么要将写这本书当做一段历史的记录，同时也愿能借此解释那位台湾媒体朋友的疑惑。

我之所以将台湾的“大陆新娘”现象当作历史来研究、来记录，是基于台湾这个祖国的宝岛，是一个以祖国大陆移民为人文社会主体结构的基本史实。中日甲午战争之前的几百年，许多福建、广东等沿海地区的人们，为了讨生活漂洋过海移民台湾岛，不过那些时期的移民行动虽然甚是频繁，但规模一般并不大，而且大多是沾亲带故的碎片形式。直至十九世纪末至二十世纪末，才有较大规模的移民潮。最大的有三次。第一次是中日甲午战争后，日本强占了中国的台湾，为了长期征服台湾人民，日本起初是用杀戮与掠夺的方式威权统治台湾，然后逐步用“皇民文化”的怀柔政策，收买、网罗一帮死心踏地效忠日本天皇的汉奸，为虎作伥帮助驯服台湾普通老百姓。其中就有当今台湾“独派”大佬辜宽敏的父辈，自称是日本人的“变色龙”李登辉的父辈……

然而日本人彻底改造台湾人的野心却不小。他们打心底里就瞧不起、信不过中国大陆移民过来的台湾人，索性赤膊上阵，将日本本土落后地区的农户，整村整村迁移到台湾。他们将十几万移台的日本人安置在当年看上去原始荒芜，但却是气候宜人、土地肥沃、生活资源丰沛的花莲、台东一带的花东纵谷。试图将台湾原本以中国大陆人为主体的社会结构，进行彻底的日本化改造。这是台湾移民史上第一次也是唯一一次大规模的非中华民族子孙来台的移民潮。直到一九四五年抗战胜利后，被日本人占据半个世纪的台湾，重归战胜国的祖国怀抱。当时接管台湾的中国政府自然毫不客气地将这批日本移民采取了即刻驱逐的措施。但人去了，阴魂不散。半个多世纪的日本“皇民化”，在一定程度上影响到了台湾人的生活方式，同时也留下了几十万“隐性日本人”（注：有报道称有上百万人）。至今台湾岛上的老人不会讲普通话的多，而略通几句日本语的则不少。而与日本人沾亲带故的人也不少。

到了一九四九年，台湾又经历了一次突然而至的规模较大的移民潮。那就是蒋介石带领近百万的残兵败将，仓皇逃到台湾。这次移民潮的人员结构特点就是不仅只有福建人、广东人，而是包含来自祖国大陆几乎各个地方的人。从这开始，只流行闽南话、客家话和日本话的台湾，开始进入了以大陆北方话为主导的时代。台湾大地上也第一次飘散包罗万象的外来眷村风味。但是，从此台湾与祖国大陆的交往关系也戛然而止。那近百万身不由己的“移民”，成为“乡愁”重重的一代“移民”。而早前移民到台湾的人则私底下嘲讽这些人为“难民”。这就是台湾近百年移民史上的第二次大规模的移民潮。它的特点是被动性移民，成员以年轻男性居多。

又过了四十年，第二次移民潮中的年轻人老了，他们的乡愁越来越强烈，仍然孑然一身的老男人们愤怒地走上街头，发出了“想娘了，要回家”的悲情呼声。由于他们的不懈奋斗，终于撬动了海峡两岸紧闭近半个世纪的交往之门。二十世纪八十年代末，两岸紧闭的大门终于露出了一丝缝隙，台湾岛掀起了老兵返乡探亲潮。然而，可能谁也料想不到的是，老兵返乡探亲潮却引发了台湾又一拨新移民潮。从家乡探亲回来的许多单身老兵不再单身，他们身边多了一位大陆新娘。接着，随着两岸交往逐渐解冻，到大陆去做生意的台湾人也多了。单身台商也喜滋滋地带回了大陆新娘，再接着到大陆去工作的台湾年轻人也多了，他们与当地的年轻人相识相恋相爱，最终也抱得美人归。短短十几年，据台湾当局相关部门统计，台湾的大陆配偶已达近四十万人，其中女性占93%。这就是过去百年间，台湾出现的三大移民潮。由于前两次移民潮都保存有大量的原始资料，使得后来的史学者、文艺创作者，很轻松地就得以据此进行研究和创作。比如前几年有位自称外婆是在台湾出生的日本女作家，就根据日本和台湾图书馆留存的大量档案资料，在日本找到了二十几位二十世纪初在台湾出生的日本人，她根据他们的回忆，专程到台湾花东日本移民遗迹实地拍摄以这些生于台湾，后又被遣送回日本的人为主题的电影纪录片，并创作了纪实文学《湾生回家》（注："湾生"就是"二战"前在台湾出生，战后被遣返的日本人的代名词）。不过，在她的镜头中，在她的笔底下，却只有日本移民温情、勤奋、善良、吃苦耐劳的一面，而作者像她的国家一样至今没有对日本侵略的那段丑恶历史进行深刻反省，给人留下的印象是日本移民们开发建设了一个台湾新东部，日本移民为台湾打下了现代化的基础。作者为了配合发行此书，在众多"友日"的社会团体和财力捐助支持下，走遍台湾，举办一场又一场的新书发布会，使《湾生回家》一版又一版地印刷，一时成了畅销书。当然，还获了"台湾图书奖"，还被台湾当局列入"教材"补充读物，又一次影响了不懂历史的台湾年轻人。（据最新消息：就在我写这几行字的同时，日本媒体爆料，该作者并非日本人，乃"纯"台湾人。作者已承认身份造假。）又比如，曾做过台湾当局文化部门负责人的那位湖南籍的台湾女作家，依据各种档案资料，加上自己的追访，写成了大部头纪实文学《大江大海 1949》。从她的视角反映上世纪第二次移民潮流中的众生相。

可是，从二十世纪八十年代末开始的第三次移民潮，也就是被称为"大陆新娘"现象的移民潮，竟鲜有人问津。时间过了二十多年了，在自诩言论自由的台湾，人们竟然很少见到有关这次移民潮的研究资料，更遑论系统地、客观地反映这个以女性为主导的特殊的“大陆新娘”移民潮的专著了。这个问题不能不使我这个虽不是台湾移民，但也是与台湾有亲情关系的小人物感叹万分。我想，自己虽然无钱无势，但作为手中还有一支笔的文化人，为记录这段或许将被时光湮没的历史事实，应责无旁贷地站出来，尽一点绵薄之力，脚踏实地地记录一些历史的真相。因此三年前，我开始仅凭台湾一些好心人提供的点滴线索，背起背包，绕着台湾岛，进行虽然艰苦，但终有收获的台湾“大陆新娘”寻访工作，几年下来，绕行台湾岛几圈，收集到了数百位“大陆新娘”的口述资料。

原本我想再多花一些时间，再多下点功夫，深度采访更多的大陆新娘，但就在这段时间里，我忽然感觉我不能再停留在采访阶段了，我要赶紧将有限的寻访记录成书出版。我再不拿出这些历史素材，若等民进党“上台”，可能此书就没有机会与台湾读者见面了。因此，我赶紧调整工作节奏，加急赶写，终于赶在离蔡英文“上任”前不到两个星期，于台湾“母亲节”的当天，在台北市发布出版。非常遗憾的是本书无法更厚重地、更全面地、更科学地反映第三次移民潮。仅仅是大江大海的些微涟漪，仅仅是急就的素描。但，我想只要出版就是成功。因为有这本书，就可有凭有证，有图有真相。若干年后，或许还能成为原始资料，让一些史学家们注意，台湾曾有一个“大陆新娘”现象，有一个数十万大陆配偶的移民台湾潮。这些当年的女性，她们大多已是新台湾人的母亲，她们的子女将会给台湾的社会发展带来新鲜的血液。同时，或许此书能给往后的台湾年轻人留下一点警示：数典不能忘祖。

这本书出来后，有人问我，你既然想反映历史，为什么让人读完后却仿佛是一本台湾风情导览读本。我只能苦笑，他们不知作者的苦衷。此书的台湾版甚至没有署我的真名。这是我生平著书以来，第一次使用了笔名，曰“湖湘老民”。为什么？是我害怕民进党的绿色恐怖？（这绝不是危言耸听。民进党的绿色恐怖已开始显现。台湾有人上街谴责其为“土匪政府”。他们的手段不亚于国民党来台之初的白色恐怖。）是害怕台湾的“三害”（台湾人戏称所谓民意代表、“名嘴”、卖假药广告的媒体为“三害”。）血口喷人，乱撕乱咬吗？是害怕标榜民主、自由的台湾当局加害出书的出版社和我的台湾友人吗？也许是，也许不是。但我确实是有很多苦衷，有很多的内心挣扎，不管如何，先出了书再说吧！疏漏之处慢慢来补充，不足之处，慢慢来充实。我原本要写的一百位“大陆新娘”才写了二十几个，还有很多，我会努力好好写下去的。我知道，我现在采写的“大陆新娘”，也许是最后的“大陆新娘”了，她们已完成当初架设两岸和平之桥的历史使命，她们融入了台湾社会，但台湾当局却不会让她们留下痕迹的。因此，她们还在努力为自己正名。历史是不可抹杀的。

二〇一六年十二月一日

记于湖南长沙德雅斋

目录

一、开篇前的N个为什么

为什么从上世纪八十年代末才开始的两岸通婚，短短二十几年，竟然会有几十万大陆女性嫁到台湾？

为什么早期嫁到台湾的大陆女性被蔑称为“大陆妹”？

为什么台湾菜市场上有种既便宜又水嫩俗称A菜，学名莴苣的菜也被叫作“大陆妹”？

为什么在资讯十分发达的台湾竟然很少听到有关几十万“大陆新娘”权益与生态的声音？

为什么“大陆新娘”被视为台湾的“二等半公民”？

为什么许多“大陆新娘”不能勇敢地站出来大声说话？

为什么？为什么？为什么？……

为了探究这 N 个为什么的原委，笔者花了近三年的时间，在台湾走透透，寻访遍布台湾东西南北中的“大陆新娘”，接触了不同年龄层、不同来台年限层、不同工作行业层的形形色色的大陆女性配偶，尽量用客观的笔触记录下她们来台后的形形色色的事，形形色色的梦想，形形色色的快乐与苦楚，还有形形色色的乡愁……

二、寻访录

1. 台北车站初识第一位接受寻访的“大陆新娘”

在台湾，“台北车站”“一〇一大楼”“西门町商圈”堪称台北人自豪的三大城市地标。倘若来台湾的游客未能到这三大城市地标游走一趟，那么骄傲的台北人会认为这些游客的“台湾之旅”，简直就是“白痴之旅”。

两年前的冬季，我在台北车站初识了第一位可以寻访的“大陆新娘”。但在台北三大重要地标之一的地方，开始我的“大陆新娘”寻访之路，绝非刻意安排，纯属偶然，而且压根儿就没想到这是城市地标。

俗话说万事起头难。打从我想要撰写一部关于“大陆新娘”社会生态的专著开始，就为如何在茫茫人海中，在几十万“大陆新娘”人群中，寻访到第一位可以与之对话，并能提供更多寻访“大陆新娘”后续线索的人而困扰。近十几年来我几乎每年都要在海峡两岸的上空飞来飞去，在飞机上，随时都会遇到叽叽喳喳兴奋不已的“大陆新娘”。但一个陌生男人要与她们对话，就没那么容易了。她们几乎都会怀着极大的戒心奇怪地盯着你，使你不便再多发问。而我这个人面子薄，当然不能死皮赖脸地纠缠人家。如何能进入她们的圈子，真正接触到她们的生活，听到她们的心里话呢？我只能采取迂回战术，就是要找到一个能帮我打开“大陆新娘”圈的圈中代表人。台北市一位与我有多年交情的台湾本土大姐，知道我的想法后，她说她认识不少“大陆新娘”，愿意尽力帮我从中找到一位有一定社交能力，也能坦率讲述“大陆新娘”来台湾后的心路历程的朋友认识。当然，能不能找到，什么时候能找到都是未知数。

不过机会终于来了。那是前年十二月的一个下午，我去台中办完事后，一个人无聊地坐在回台北的高铁上。冬季是台北雨多的季节，车窗外雨很大，一片朦朦胧胧，远的山，近的田野，像一幅水墨画。触景生情，不禁想起台湾歌手孟庭苇演唱的“冬季到台北来看雨，别在异乡哭泣……”那首老歌。而就在这时，手机响了。台北那位大姐来电，她帮我找到了一位乐意接受访谈的陈小姐。她说这位陈小姐来台湾十多年了，很熟悉台湾“大陆新娘”的生态圈，还是以“大陆新娘”为主体的“台湾中华生产党”的发起人之一，表达能力很强，人脉也广。“生产党”？我很讶异，现时的台湾什么稀奇古怪的政党都有，简直多如牛毛。朋友笑答道：“女人生孩子不是叫‘生产’吗？‘生产党’就是女人的党呗。当然生产也有劳动的意思，就是劳动妇女们的党吧！”朋友又说受访人是做时尚服装生意的，圣诞节前后是她的生意旺季，常要去韩国首尔进货，

台北车站石刻全景图

台北车站 正门

很忙。今天她正好在台北市办事，要我赶紧与她直接联系约好见面时间。这时，我坐的高铁已过了新竹地区，快到台北市板桥地区了，离台北市已经很近了。我赶紧依照大姐给的电话拨了过去。电话通了："喂，哪位？"对方一开口就很大声，典型的"大陆新娘"。听得出性格外向、率性。我把拜托大姐要认识一些"大陆新娘"的事，实话对她说了，她满口答应没问题。还问我现在在哪里，我告诉她正在从台中回台北的高铁上。她说她正好也在台北车站附近办事，晚上还要飞韩国首尔，今天可以先在车站见见面认识，以后再找时间详聊，我当然巴不得先见上面。

下午五点，高铁准时抵达台北车站。但陈小姐事还没办完，要晚一点才到。之前我虽然多次在台北车站乘坐高铁去高雄、去台中，但都是来去匆匆，从未仔细打量过台北车站这个台湾的城市地标。这次由于还有点时间，外面又下着大雨，闲着也无聊，只能在台北车站里逛逛。但没想到台北车站还真值得一逛。台北车站是台湾目前唯一的"高铁""台铁"（注：即普通铁路火车。以前台湾没有高铁时，是台湾的主要铁路交通）"地铁"（注：在台湾不称"地铁"而称"捷运"）"三铁"合一的车站。地处闹市区，是个宏大的多层次正方体建筑物。里面有大大小小的各种商场，有我喜欢去的诚品书店、有中西美味尽有的美食街、伴手礼街，还有一个正方形可以疏散人流，也可以办小型文化活动的室内大广场。生活机能蛮方便，很有文化品位。它的美食、伴手礼的包装很有文化创意，尤其有我最中意的各式铁路便当（注：台湾人沿袭日本人的惯用语，就是大陆的盒饭）。

台北车站内大厅

台北车站规划确实不错，可以说它的建筑面积使用到了极致，一点也不浪费。慢慢逛着，手机响了，陈小姐告诉我，她到了车站的东三门。我连忙赶到东三门，我看见一对穿着雨衣，手里拿着头盔的青年男女，站在门口四下张望，依着电话里提示的辨识特征，穿着红色雨衣的女子应是我要找的陈小姐，便过去询问，果然是她。初次见面，陈小姐就大大方方给我介绍身边那位高大威猛的男人，她说这是她老公彭先生。女的娇小靓丽，男的高大威猛，我开玩笑地说："蛮般配的一对呀！"她说都老夫老妻了。由于她还要着急赶往机场飞韩国，这次我们只交换名片。她叫陈露，与中国首位世界花样滑冰冠军同名同姓，约好等她返回台北后，再去她公司聊天。我们就分别了。

虽然只短短几分钟的见面，我直觉可能这是我这次系列采访"大陆新娘"的零突破。同时也打破过去我一直以为十几年前来的"大陆新娘"，就是嫁给台湾老兵们的印象，原来台湾这些年来，还有这么年轻俊俏的两岸婚姻。

在"欧乐"公司门口的陈露

几天后，陈露从首尔回来，邀我去她公司做客。她的公司在新北市中和地区，是家名叫"欧乐"的时尚服装公司。这是典型的前铺后厂的家庭式公司。前面是商务洽谈室，后面是挂得满满的成衣库房。那天我到时，她正与两位温文尔雅的男女长者相谈甚欢。我有些奇怪，她不是做时尚服饰的吗？怎么与老人家也有业务往来？经她介绍方知两位老者是邻居画家夫妇,男的是台北"故宫"的退休国画研究员，是孔夫子的几十代孙，女的是陶艺专家。他们没事就会过来喝茶聊天。陈露说她夫家老屋在新店的坪林乡。那里有自己家的茶园，喝的是自家制的家园茶。老台北人都知道，坪林和附近的猫空是台北出名的产茶地，山清水秀，假日茶客很多。陈露得意地告诉我，她夫家种的茶很有台湾味，有一次台湾歌手张惠妹的妹妹还带了一票明星到她夫家去烧烤喝茶哩。

穿着土家族民族服饰的陈露

见陈露和她的邻居谈兴正浓，我不便插话，便起身随意看看陈露的公司。公司装修很简约，墙壁刷得雪白，进门墙上贴了一幅湖北省恩施市土家族自治州的地图。还有一个图片栏，上面有穿着土家族服饰的陈露的时装照，有她与马英九的合影，也有她与来台访问的湖北省的官员们的合影。门外面有一个别致的木板条铺陈的小露台，是为来访的烟客准备的小吸烟区。门框一边挂了一块长条竹板牌，写着：台湾恩施同乡会。而她的公司招牌则是安装在二楼外墙。老远就可以看见“欧乐服饰有限公司”。

画家老夫妇大概知道我要寻访陈露，先告辞了。陈露重新沏了一壶坪林家园茶，我们这才坐下来慢慢聊天。

我说：“你来自湖北？你大概是土家族姑娘？”陈露笑着点点头。我开玩笑地说：“你以后可以进入台湾少数民族行列了。难怪张惠妹的妹妹要到你们家喝茶（注：张惠妹是台湾台东县卑南族）。”

我看她谈吐比较大方，便直截了当地问：“你是怎么找到台湾老公的？”她不好意思地轻笑一下：“也许是缘分吧。”她说虽然她父亲是教师，但二十多年前她家乡是真正的穷乡僻壤，她读书并不多，初中毕业就离开鄂西北大巴山脉的那片崇山峻岭，去到热闹繁华的大城市武汉讨生活。先是帮人打工，后来自己开了一家家乡特色的小餐馆，二十五岁那年，也就是二〇〇二年，台湾的彭先生来看在武汉经商的朋友，其间常到她开的小餐馆吃饭，经过几次见面，两人就慢慢熟悉了。两年后，她嫁给了他，随即到了台湾。一晃眼就是十几年了。我问她初到台湾的感觉如何，她略想了一下，正要开口，一个帅气的小弟弟跑进来，叫着妈妈撒娇。陈露搂着小弟弟告诉我，这是她的小儿子，大的是女孩，十三岁了，快上初中了。

她从茶几上的点心盘里抓了几颗小点心给小弟弟要他出去玩，继续接着我的问题说：“你知道，十几年前，大陆没有台湾发达。

陈露与她的儿子

创业初期的陈露

陈露与她的家人

来台湾之前，许多大陆人对台湾都充满好奇和向往。我挺着大肚子初次踏上台湾宝岛的土地时，也是很兴奋、很好奇，但兴奋只有几分钟。那时还是陈水扁时期，机场有关部门对‘大陆新娘’审查特严。凡初入台的‘大陆新娘’都要进行繁琐不堪的面谈。主持面谈的官员明显对‘大陆新娘’有偏见，问了许多细小而又令人恶心的问题，问得我又羞又恼，恨不得马上搭机转回去。也许我是大肚子的人，面谈只有个把钟头。可是有些女孩盘问了一整天，还被拒绝入台。可是入了台的‘大陆新娘’不是一进台湾就可以过安逸生活了。在台湾住满三个月，就必须离开台湾，哪怕你就是到香港待几天再转回来也行，但一定要离开台湾。一年要折腾好几次，劳民伤财。光是来回机票费就不是普通人家能承受的。那时在台湾还不能打工。没有台湾身份证的人哪怕就是在自己店子里帮忙，一经发现或被举报，就要被遣返。弄得人整天心惊胆战。再说一家人的经济生活，虽然在大陆经营餐馆有点积蓄，但也会坐吃山空，况且一年里强迫式飞来飞去的机票费也受不了。虽然夫家在乡下有土地，在城里有房产，但夫家是夫家的，我们还得靠自己一双手去拼搏，去创自己的家业呀！这样的日子一直熬了漫长的十年，才拿到台湾身份证。终于可以名正言顺地打工创业了。”

她说到来台创业过程，虽然苦不堪言，却也蛮豪迈的，言谈举止中真的很有土家族姑娘那翻山越岭不怕输的霸蛮精神。

十多年前，她挺着大肚子坐在老公的摩托车后面，风雨无阻地到台北各处夜市摆地摊卖服装。台北有八大夜市，比如有如今大陆客最熟悉的士林夜市、饶河夜市、迪化街夜市、师大夜市、永康街夜市等等。那些年在台北夜市摆摊的、管市场的无人不知，夜市里有个厉害的大陆妹陈露，敢拼、吃苦、嘴甜。之前韩国的时尚服装便宜，她坐晚上的飞机到首尔，下了飞机就直奔首尔著名的服装批发市场东大门，当晚进了货，第二天清早就又搭早班飞机赶回台北。使得当天晚上在台北的夜市上，就可以看到韩国最新流行的服装，也能卖个好价钱。就靠这样的拼命，眨眼十几年过去了，现在有了自己的门面，有了自己的公司，有了自己的工厂，还有自己的连锁店，但还是像过去一样拼搏。她说刚来台湾时，只想哪天能开上“宾利”“玛莎拉蒂”豪华车，再不坐摩托车了。我问她如今有什么想法，她笑说很想去选“民意代表”。台湾的民主就是“大声公”民主。“大声公”就是那种手提式高音喇叭，谁的声音大，谁就说了算，台湾的“民意机构”，街头运动，哪样不是？当年为了争大陆配偶正当权益，她还与姐妹们一道上街头参加反歧视、要权益的游行。

参加社会活动的陈露

听着陈露的一番陈述，我心里暗道：“这位‘大陆新娘’还真不简单。”正说着门外来了辆摩托车，是他老公彭先生送货回来了。

他抱着安全头盔向我点头，很憨厚的样子，陈露说彭先生是地道台湾人，但很爱她这“大陆妹”。她还骄傲地告诉我，她老公原是台湾职业棒球选手，酷爱玩重型机车，尤其喜欢“哈雷”重机。“呵，蛮不得了嘛！”我向彭先生竖起了大拇指。台湾受日本、美国的影响，棒球运动很疯狂，如果谁被美国职业棒球队或日本职业棒球队看中，那就是“台湾之光”。

彭先生回来后，陈露也忙起来了，她与先生还要准备晚上去夜市卖货的物品，我也就起身告辞。她是湖北人，我是湖南人，同饮一湖洞庭水，也算半个老乡。我在台北的住处离他们不远。自此以后，我就常上她公司喝茶聊天。来往中，我发现陈露确实很能干。交际广泛，三教九流的朋友都喜欢上她公司来喝茶。她还热心公益事业，一次我在她公司，就碰上一对做保健饮料的台湾老夫妇来找她，商量如何帮助一位住在南投县乡下患了乳癌的“大陆新娘”。

我与陈露认识后，我进入“大陆新娘”圈寻访的门路也渐渐打开了。

2. 高雄寻访老荣民们的女人们

如果说第一位“大陆新娘”的寻访还算顺利的话，那么，寻访老荣民的女人们可谓一波三折。我做寻访准备时，无论是在“谷歌”搜索，还是“百度”搜索，都找不到老荣民们的女人是如何来台湾的资讯。

即使有，也多是乱七八糟的负面讯息。显然是资讯的严重不对称，没有体现台湾媒体标榜的公平正义。不过，这也正促使我暗下一定要好好寻访她们的决心。可以说，倘若要研究台湾“大陆新娘”这个特殊新群体的人文历史，没有老荣民的“大陆新娘”这一笔的话，就通通无从谈起了。她们是探路者，是先行者，也是隔绝几十年后，海峡两岸能首度进入和平交流的重要民间使者。

所谓“老荣民”，大陆人或台湾年轻人可能都不知为何物。六十多年前，蒋介石从大陆撤退到台湾岛时，带来近百万的国民党军人。几十年后，这些军人年老退役后，就成了退伍荣誉军人，简称“荣民”。这些荣民后来大部分四散民间，处于社会底层。又由于当局的“戒严”，虽然大陆只有咫尺之遥，从大陆过来的老荣民们却成了有家回不得的浪子。一晃几十年过去，当年的青壮年成了风烛残年的老荣民，成了穷困潦倒的孤苦老头。直到二十世纪八十年代末，一直是“乖乖崽”的老兵们思乡心切，积怨爆发，终于不顾死活，拉上“我要回家”的条幅标语，喊着“台湾没饭吃，回乡找爹娘”的呼声，走上街头，在岛内外形势压力下，当局终于宣布于一九八七年十月起，允许国民党老兵回大陆探亲。一时间台湾掀起了老兵返乡潮，成为了不可逆转的历史潮流，从那刻起，隔绝三十八年的海峡两岸终于通了。随着数十万老兵回大陆家乡探亲潮起，再回台湾时许多原本孤寡的老兵，也带来了“大陆新娘”入台潮，而至此开始，几十年不见大陆女人进入的台湾，又一次有了成千上万来自大陆不同省份的新女性。

面对全台湾好几万老荣民的“大陆新娘”的问题，我该从哪里入手呢？熟悉“大陆新娘”生态环境的朋友告诉我，要寻访老荣民的女人们，最好先到南部去。台湾人习惯将高雄、台南、屏东等地称为南部。当年“老蒋”率领的众多退兵，就是在高雄港登岛的。高雄过去是台湾的军事重地，因此退役老兵也最多。由于南部经济远逊于北部，没钱娶本地媳妇的老兵也最多。但当时大陆经济比台湾南部还不如，这样老兵带回的大陆配偶也最多。不过朋友也提醒我，老兵的大陆婚姻多是“速食婚姻”“老少配”婚姻，年龄差有的竟达三四十岁。“白天是女儿，晚上是老婆”，缺乏感情基础。

这些“大陆新娘”为什么会嫁给台湾老兵？她们一般不会对外人讲真话。不过，我还是有信心去做这件事，我想起十几年前，我在高雄一位年迈亲戚的家中做客，无意中听说照顾老太太的用人是“大陆新娘”，他们主仆相处很好，那个“大陆新娘”的小名叫兰梅。

如果还能找到，或许就成了我寻访老荣民的女人们的第一位。但十几年过去了，我那年迈的亲戚老两口都已仙逝，不知那兰梅“大陆新娘”还在不在高雄。我翻找到亲戚儿子的电话，与他取得了联系。他也算是荣民了，是台湾海军退役上校，很熟悉老荣民生态，他知道我的想法后，很热情地欢迎我下高雄。他说不但能找到那个曾照顾过他爸妈的人，还可以介绍其他的老荣民的女人给我认识。我非常开心，立即就买了下高雄的高铁车票。

那天我坐的是下午的高铁，到达高雄左营高铁站时，已是傍晚时分，亲戚的儿子亲自开车接我，高兴地告诉我，找到了兰梅小姐(注：应采访人的要求，为化名)。她白天在医院当看护，晚上才有时间见我们。我问亲戚的儿子她先生还在吗。亲戚的儿子摇摇头：“走了好多年了，活着都九十多岁了嘛。”我说：“那她现在台湾生活是不是很苦？”亲戚的儿子哈哈大笑：“她现在过得可充裕哩。每月能拿老先生的半俸抚慰金一万多元台币。她还年轻，才五十出头，又有当看护的经验，每天都到老人医院上班，一月还有好几万哩。她每月拿的钱，比我这退役上校不差哩！”我这位亲戚人很热情，就是有点粗心。他已约好兰梅一起吃晚饭，还答应上门去接她，可是他又不知道她住在哪里，只知道大概方向，就在左营附近，而兰梅的电话又打不通，我们开车转了半天，天已完全黑了，好不容易打通电话，兰梅要我们在一个小学校的门口等她，我感到奇怪，为什么不直接让我们去她家接她呢？有什么不方便吗？好不容易见到兰梅。她还带了一个大姐来。大姐姓Z(注：应采访人要求，为代称)，我们就称她Z姐。

Z 姐似乎有腿伤，走路一瘸一拐的。她说是几个月前帮以前的高雄县长杨秋兴选举拉票时，跌到水沟里，摔坏了腿。Z 姐也是“大陆新娘”，也是嫁给荣民过来的，她是第一批入台的，比兰梅还要早几年，堪称“大陆新娘”元老。她们住的地方很偏僻，路灯也很暗，亲戚的儿子告诉我，因为这一片地方过去都是老荣民的临时住处，渐渐变成棚户区，市政建设不好，要找一家像样的餐厅，还真不容易。好不容易在一条小巷子里找到一家羊肉火锅店，坐定下来，我问兰梅还认不认得我，她摇摇头说不记得了。我说我这次是专门来找她的，想听听她们作为老荣民的家眷，有什么感想。兰梅瞄了一眼亲戚的儿子，轻轻回答：“还好。”再无多话。我感觉她似乎有所戒心，或者碍于过去的少东家在旁边，不便多言。我也就放下正经话题，天南海北地闲聊起来，我知道兰梅老家在湖南南部，与我亲戚的母亲是老乡。Z 姐家在湖北武汉，这些地方我都去过，略知这些地方的风土人情，比如吃的方面，湖南的酿豆腐、糖油粑粑、米粉，武汉的豆皮、热干面都很有味道。饭桌上几乎只聊她们家乡的事，才没至于尴尬冷场。

我仿佛已意识到有熟人在旁，两个“大陆新娘”肯定不会放开来谈事。便起身说我还没有找到酒店住下来，隔天再见面行不行。兰梅迟疑了一下，点点头。亲戚的儿子把我送到早已预订好的左营附近的莲塘会馆，就回去了。我下榻的莲塘会馆听说曾是高雄市的公务员培训活动中心，但食宿设施不输一般的高档酒店，而且也对外营业。第二天我在酒店门外抽烟时，还无意中看到民进党的主席蔡英文在一干人的簇拥下从里面走出来。

次日，我打电话给兰梅，想与她商量见面的事，但电话响了半天也无人接听。好不容易打通了，她说有急事不能见面了，正在医院里帮人代班做看护。我想她可能是有意回避不想谈“大陆新娘”的事。但我还是不死心地说：“那就晚上请你们吃饭好吗？”电话里她犹豫了一下才有点不情愿地答应。我搞不懂了，这个“大陆新娘”怎么有点怪怪的，优柔寡断。不过，我放下电话没多久，兰梅却打电话过来了，她说晚饭就不吃了，晚一点她们到我住的莲塘会馆来看我。我这才松了口气，看来不会白跑这趟高雄了。

晚上，我在酒店大堂等她们。我本想去接她们的，但她们婉谢了，她们说这里离她们住处不远，走路十几分钟，乘计程车也只有起步价。这次她们蛮守时，准时到了。兰梅一进酒店，环顾一下灯火通明的大堂，抬头望望头上亮堂堂的水晶吊灯，轻轻惊叹一声：“好豪华！”但我心头仿佛被针刺了一下，好不心痛，这样的酒店，在她老家早已稀松平常了，而她住在离这仅有几步之遥的地方，竟会没有机会进来吗？或者她来台十几年了，就没有去过稍稍豪华的地方吗？

我请她们在酒店咖啡吧的室外中庭喝茶聊天。兰梅说喝茶睡不着，只要了一杯白开水（当然她不知上档次的酒店，哪怕喝白开水也要付费的），Z 姐则要了一杯可乐。坐定后，大概没有过去的少东家在场，大家聊天的气氛也轻松多了。我问她们为什么不来吃晚饭，兰梅脸红了，轻轻说：“我以为你是骗我们的。昨天请我们吃饭，今天又要请我们吃饭。”我笑了，我说老乡见老乡，两眼泪汪汪，我们都是湖南人嘛！但我也隐隐感到她们在台湾过得也不容易。其中说不定还有许多说不出口的伤痛。

我问兰梅她为什么嫁给台湾国民党老兵，她说完全是个误会。兰梅在老家时，是一名乡村小学老师，那时才三十出头。一天，听说台湾一位老先生要到她们那里来相亲，被相亲的本来是她的一个闺蜜，闺蜜拉她去作伴，哪知老先生却相中了她。毫无准备的她很惶恐。虽然那时的她由于夫妻不和，刚离完婚，但前夫仍纠缠不放，三天两头就来闹事。眼前的老先生虽然年纪比她大了三十多岁，但人还蛮有朝气的，而且是在千里之外的台湾，可以躲过前夫的纠缠，于是就稀里糊涂地点头嫁给老兵了。兰梅说起这件事时，多次用“稀里糊涂”一词来强调她的婚姻经过。

听完兰梅的讲述，Z 姐叹口气道，她没兰梅幸运。我诧异了，兰梅已是“稀里糊涂”的婚姻了，怎么算幸运呢？Z 姐说，兰梅的先生虽然比她大几十岁，但人好，且从没结过婚，很珍惜这段夕阳初婚。而且兰梅的老先生是军中一级士官长退伍的，每月有几万的养老金，还有两间相当于“福利分房”的简易居室。老兵走了之后，没有遗产分配问题，都归兰梅，现在兰梅每月还能拿到老兵一半的养老抚慰金，大约还有一万多元台币吧。

“那么你呢？”我问。

Z 姐比兰梅早来十几年了，年纪也大十几岁，是阿嬷级的“大陆新娘”，Z 姐还没开口，眼眶就有点泛红了。

Z 姐说她来台湾之前，在大陆就有了自己的事业。她在武汉市开了酒楼，在一个县里办了自己的农场，还是那个县的政协委员。嫁来台湾之后，比她大一二十岁的老兵脾气暴躁，经常家暴，而老兵前妻是台湾本地人，老兵的子女与她也合不来，一次老兵家暴后，老兵的子女不由分说将她赶出家门，不承认这段婚姻。当时台湾有条规定，倘若“大陆新娘”离婚了，十天之后就要被遣返回大陆。她说，如果这样回去，她真无脸见江东父老，生不如死。幸亏同情她的台湾朋友将她安排躲进了高雄市与台南市交界的一座山庙里，直到后来又嫁给了现在的老公，她才走出山庙。说到这里，Z 姐还自嘲地说：“真想不到差点成了台湾的‘白毛女’。”

也许没有少东家在旁的缘故，这次我们聊得还算开放。分别时，兰梅还盛情地邀我次日去她家吃中饭。Z 姐也留下了她的电话，亲笔写下她的大名，字很潇洒，看来练过书法。

第二天，我如约上兰梅家吃中饭。她们住的地方是原来国民党老兵住的眷村，但没有长官们住的眷村那么整洁，有点像城中棚户区。门前有个垃圾站，房子不大，大概十几坪左右（注：台湾的一坪约合大陆的三点三平方米）。而 Z 姐住的地方更小，她说她老公没有兰梅老公的官阶高，是二级士官，待遇低一等，且少了很多福利。她们都住在一条不规则的马路旁边，来往车辆仿佛贴着门边而过，缺乏安全感。也许她们来台湾很久了，午餐做的菜，甜甜的、油油的。我说晚上我请客，兑现前天的诺言，兰梅狡黠地笑了，说：“我晓得您有钱。”我哭笑不得。

晚上我们在 Z 姐家先集合，兰梅还没到。Z 姐悄悄告诉我，兰梅新近找了一个台湾的男友，那个男友很古怪，不高兴我们找兰梅。不一会兰梅带了三个在附近的“大陆新娘”来了，兰梅介绍她们是三姐妹。三姐妹都五六十岁了，都是嫁的台湾老荣民，但都不在世了。

听说大姐曾经嫁了三次，去世一个再嫁一个，一连嫁了三个老荣民。等于她可拿到三个老荣民的遗产，有点小钱还有点小遗产，在高雄这个经济相对落后、物价比大陆还便宜的地方过日子，还是蛮舒服的。不过，我有点看不惯她们的打扮，都是老阿嬷了，却一个个涂脂抹粉，嘴唇抹得红红的，好吓人，听说她们还准备嫁人。后来我与台北的一些“大陆新娘”谈起此事，她们笑了。她们告诉我，这不叫嫁人，这叫“粉红收尸队”。我起初不明白，她们一解释我恍然大悟。原来这些阿嬷是选择性嫁人，要看身体好不好，要看有没有遗产，身体好的不嫁，没有遗产的也不嫁，又被称为“三不嫁老娘”。

我问她们晚上在哪里吃饭，新见面的那个“大陆新娘”忙说她们认识附近的一个川菜馆老板，那里的菜味地道可口，不过要坐计程车去，我们叫了两部计程车到了那家川菜馆。三姐妹的老小妹，拿起菜单就熟练地点起菜来。这家川菜馆，除了名字有个“川”字，菜味并不姓“川”，还是姓“台”，没有四川厨师，更不是四川人开餐馆，东西还不便宜，六个人吃了四千多元台币。吃完饭，我还没来得及听新认识的三个“大陆新娘”的故事，老小妹伸伸腰，打了个嗝说吃饱了，要散步回去，三姐妹一齐走了。我叫辆计程车送兰梅和 Z 姐回家，然后就回酒店了。我的寻访经验是若要与寻访对象自然相处，千万不要录音，不要当面记录，但回去则务必要将聊天内容整理好。我在整理这些事时，忽然想起那三姐妹大大咧咧点菜吃饭的神情，不禁哑然失笑。我不知道她们的老公，那些已“走了”的老荣民，是否曾经能够管束住这些太过精明的“大陆新娘”。

寻访老荣民的“大陆新娘”工作完成后，原定次日就要回台北，但见时间还有，就要亲戚的儿子带我去私访“退舍”。来那天，他就要带我去的。所谓“退舍”，是当年台湾当局安排退伍老兵居住的单身宿舍，不收租金，不收水电费，后来也就成了孤独老荣民安身的地方。台湾的朋友早就建议，若要寻访老荣民的女人们，一定要去“退舍”看看。几年前台湾的《壹周刊》刊登了一篇文章，说台北“×× 山庄”成了淫窝，住在那里的大陆妹行径极为肮脏。《壹周刊》是台湾有名的“八卦”刊物。它的老板原是广东人，早年偷渡到香港，发了财，创办香港壹传媒集团。二〇〇〇年初到台湾创办台湾《壹周刊》和《苹果日报》。《壹周刊》系的最大特点是狗仔队文化盛行。当时我无意中看到这篇文章时，也恨这些大陆妹不成器，丢人现眼，产生很大的负面刺激。但后来又看到凤凰卫视对同样的“×× 山庄”的报道，较客观。根本没有《壹周刊》讲的那么不堪，我又觉得这是不是那个“肥佬”（香港人这么称呼《苹果日报》的老板，前不久香港轰动中外的中环“占中”行动，据说他是“金主”之一，因此有报道称他是“祸港四人帮”之一）的惯用手法。这人制造轰动新闻，可以说到了炉火纯青的地步。

这次我要私访的“退舍”，是高雄市区最大的“退舍”——祥和山庄。祥和山庄有新旧两个。旧祥和山庄在高雄左营祥和里，它建在长满杂草似乎荒芜的昔日军营操场旁边。周围没有像样的民宅，旁边还是山。山不大，杂树丛生。“退舍”是几排油漆剥落的灰色矮楼房，有点像几十年前大陆那些老旧中学的学生宿舍。院子里有晒衣的空坪，还有铁皮盖的遮阳休息大棚。从外表看去就仿佛是一群蹲伏在那荒芜地带的凄苦老人缩影。

祥和山庄入口

我要亲戚的儿子在外面等着，我独自进去察看。进院坪时也没有人问我是什么人，来做什么。院子里的那座大棚底下有一群老人互不讲话地你看着我、我看着你的散坐着。我正在东张西望，一位老人过来问我找谁，我说我从大陆来的，想看看荣民的“退舍”是什么样。老人蛮热情，他说他是山东来的老兵，八十多岁了，住在这里，顺便管管事。我说：“听说其他地方的‘退舍’住了很多大陆嫁过来的女人，你们这里有没有？”老人呵呵笑道：“当然有，我的老婆就是大陆来的。”我问：“她现在还住这里？”老人道：“平常住这里，这些日子她大陆的女儿出嫁，她回去了。”

我又问：“你怎么不一起去？”老人说本想一起回去，考虑到两人来回机票费很贵，还不如省点钱多给点她女儿红包钱。我试探着问：“是你们俩的女儿？”老人笑道：“我一大把年纪了，哪里还生得出来。老伴老伴，老来有个伴就好了。”我问他能不能进到宿舍里面看看。老人很热情地说：“可以可以。再不看看，以后就看不到了。这破房子也住不了多久了，等我们这些老兵走完以后，它也就寿终正寝了。”进到“退舍”。格局是典型的单身宿舍，中间有条长长的通道，两边是不到十坪大小的十几间格子间。

祥和山庄内的操场

院子里有晒衣的空坪

第一间房有个阿嬷，正在给躺在床上一动不动、还挂着点滴的老汉喂米汤。她回头看到陌生人在门口张望，便起身问："你找谁？"陪我进来的老人告诉她，我也是大陆来的，想参观参观"退舍"。阿嬷听说是大陆来的热情起来了。我问什么，她就答什么。

她说现在住了两间房，一间房就是我刚看到的，一间在对面，她推开对面的房门，里面有两张上下铺床，还堆了许多杂物。我问陪我进来的老人："你们当初就住这样的上下铺？"老人说："是呀，白天外出找事做，晚上再回来睡觉。一个房间多的时候住八个人，现在人越住越少了。"话里有些凄凉。我问阿嬷："你们在哪里煮饭？"她指了指外面，那里有个大棚，是过去的食堂，煮饭就去那里煮。我问阿嬷是哪里人，她说是江西赣州人。"噢，江西老表。"我笑说（注：湖南人称江西人为"老表"）。

我问她的先生多大年纪了。阿嬷用我听不太懂的江西话，比画着告诉我，老先生九十多岁了。我说我可以用手机照张相吗，阿嬷连说可以可以。照完相，她说老先生上半年身体还蛮不错的，后来

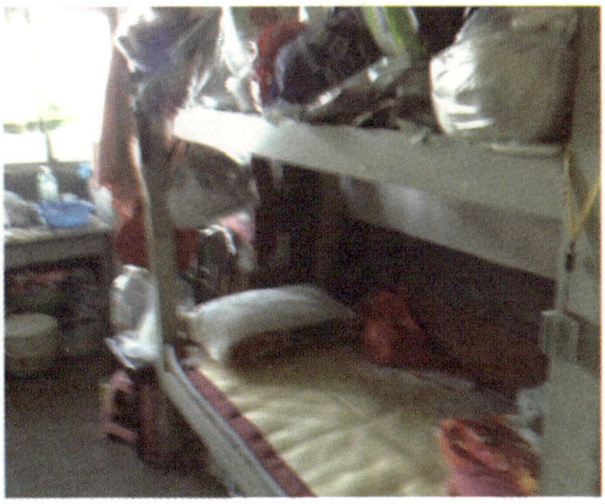

"退舍"房间内部

嫁给老荣民的大陆新娘

她回老家去探亲，没想到就在这期间老先生中风了，住进“荣总”（注：“荣总”是“台湾军队总医院”的简称），那时她在江西老家，还以为住在医院应该没事吧，没想到等她回来，老先生屎尿都失禁，躺在床上不能动了。她只好把老先生接出院，亲自来护理，这些日子好多了。阿嬷说到这里，不停地喃喃道：“唉呀！我不回老家就好了！”仿佛充满自责。

离开祥和山庄，在外面车里等我的亲戚的儿子问我：“有收获吗？”我苦笑着，心里五味杂陈，有着讲不出的味道。

3. 再去高雄见识辣妈型“大陆新娘”

如果不是一个偶然的资讯，可能好一段时间里，我印象中的高雄“大陆新娘”，都会是老荣民们的女人们那样的“欧巴桑”形象。那天我离开祥和山庄后，准备回台北。回到酒店刚刚办完退房手续，突然收到陈露的短信。

她帮我在高雄联系到了一个姐妹，是高雄“中华两岸婚姻协调促进会”的周会长，在高雄“大陆新娘”中很有人缘。她是最早一批“大陆新娘”，来台湾二十多年了，有很多“大陆新娘”的故事，若能与她见面，说不定会有意外的寻访收获。这下我可有点犯难了。来高雄之前，我给陈露发短信，请她帮忙找找高雄方面有无可联络的“大陆新娘”，但迟迟未回复，想不到我要离开高雄了，却收到她的短信了。而我原本只准备在高雄待两三天的，现已多待了几天。而且已安排回台北参加一个重要活动。犹豫良久，我想还是先与周姐联系一下。照陈露给的电话拨了过去，电话通了，我把陈露的短信说了，这位“春天姐”果然很热情，她说她可以马上开车来酒店看我。

不一会，周会长开了辆白色的“本田”车过来了。看穿着打扮颇有富贵太太的气度，年岁看来比陈露大不了多少。我们就在酒店外中庭花园咖啡吧坐下。我连声说不好意思打扰她了，她摆摆手道：“别这么客气，我们最欢迎能来了解我们，帮我们发声的媒体人。”看来陈露已将我的身份透露给她了。透过开门见山的聊天，我知道她二十几年前就嫁来台湾，是福建宁德人，却是在广东珠海工作时与当牙医的先生，在澳门相识相恋后完婚的，至今已育一男二女。我不禁幽默她一下：“你真好福气，两岸的优势都占尽了。”她不解望着我，我解释道：“你是福建宁德人，你知道中国有三大美人窝吗？一是湖南的桃花江，过去有部电影插曲唱的就是‘桃花江是美人窝，桃花江里美人多’。二是四川的女皇故里广元，唐代武则天的家乡。三是福建宁德，宁德美女以身材匀称、皮肤白皙著称。再说台湾有句俗话：‘最有钱的三种人，一庙、二医、三律师。’庙是庙公，台湾大庙不多，小庙无穷，尤其在台湾南部，三步五步就有一座小庙，有的一条街上就连着建起好几座庙。庙公既非和尚，亦非居士，而是可以吃肉可以娶亲的管理者。而医就是医生，尤其是牙医，台湾人喜甜，大多牙不好。而律师就是台湾近几十年的特产，台湾有许许多多奇奇怪怪的规定，哪怕是不经意间骂出一句脏话，也会被寄来律师函。替人打官司的律师肯定赚钱！”我这么一说，周会长明白意思了，哈哈大笑。

我们仿佛一见如故。她当年在珠海时，我也在那里，而且相住的地方离得很近，只不过当初不认识而已。我说，要不见到你，我认为高雄的“大陆新娘”都像祥和山庄的阿嬷。她又是哈哈大笑，

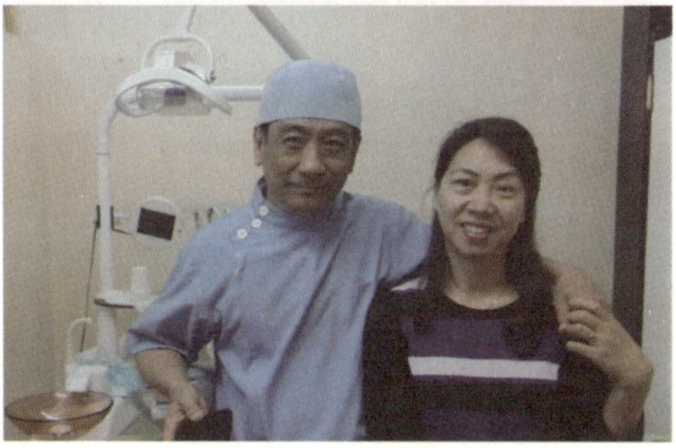

“春天姐”的恩爱家庭照

顺手打开包拿出 IPAD 平板："你看看我们姐妹群，个个如花似玉，哪个都比我漂亮。"我凑过去翻看几页，真的，周会长的姐妹群真是辣妈兵团，个个都是美娇娘，可惜这次我无缘见她的姐妹们，约好下次再来高雄见识辣妈兵团。

几个星期后，我迫不及待地又来到了高雄，这次我住在位于高雄市市中心的酒店，离周会长家不远，中间只隔着高雄著名的六合夜市，这个夜市近几年成了大陆观光客的高雄必游景点之一。我住的酒店是个老牌酒店，在港澳地区和日本很有名气，环境优雅，酒店一楼有台湾地区难得一见的正宗港式下午茶，很有情调。我住下来后请周会长过来喝下午茶。边喝茶边聊天。我问她，当初她嫁来台湾时，心里有什么想法。她说很简单，那时的台湾比大陆好，嫁来以后就是要好好地相夫教子，珍惜美好时光。我又问："你觉得你的梦想实现了吗？"她自信地说，实现大半了。她说她老公祖籍在山东青岛，还是在日本侵占时期，她老公的父亲，作为一名基督教徒来到台湾布道，游走乡村山野，日子过得很辛苦。当她老公还只有几岁时，老公的父亲病逝了，在一贫如洗的家庭状况下，她的老公年纪轻轻便边打工帮老妈抚养几个弟弟妹妹，边发奋读书，跨进了台湾顶尖的大学殿堂大门——台湾大学，而且读的又是牙医专业。

因此，她认为能嫁给这样一个有学问有本事、吃苦耐劳、待她又好的台湾男人，她就认为她的"台湾梦"实现一半了。现在他们的儿子在大陆上大学，大女儿在上中学，小女儿在上小学。全家和乐融融，她很满足了。她说正因为她的家庭幸福，更要为社会尽一点绵薄之力，所以她乐意做一名为“大陆新娘”服务的义工。虽然有时也会有些疲倦情绪，但一觉醒来又不记得了。说罢，她又哈哈一笑。我们交谈时，她的电话依然不断，都是姐妹们打来的。我隐约听到电话那头都昵称她为“春天姐”。我也很奇怪，问她怎么回事，她说：“我不是叫周池春吗？一池春水嘛！”但后来我才慢慢知道，她之所以有这个雅号，因为她对人对事像春天般热情认真，姐妹们就直呼她为“春天姐”了。

我这次下高雄，“春天姐”安排隔天下午，陪我去看她的姐妹的舞蹈培训活动。我又诧异了，寻访进行之初，我听说“大陆新娘”在台湾大多过得不怎么样，难道还有闲心唱歌跳舞？“春天姐”看出我的疑惑，她解释道，她们姐妹大多都有工作，都有小宝宝。但几乎每星期大家都会千方百计抽空进行一次聚会，下午跳舞，晚上聚餐，借此联络感情，还可互享大陆亲人的近况资讯。“每个星期都聚会，你们有活动场地？”我知道台湾不像大陆，在大陆只要有一块空地，那些大妈们将大喇叭录放影机往地上一放，舞曲一响，就大大方方跳起广场舞来了，不管有没有超高分贝的噪音，影不影响周边人家的休息。但在台湾这么做是违规的，即使有可使用的空地也要付租金，台湾的土地大都是私有的。“春天姐”诡异一笑：“到时你就明白了。”

第二天上午，我还在睡觉。这是我多年的习惯，晚上熬夜，上午一般不活动，可是十点多钟，就被电话吵醒。我还以为“春天姐”有什么变动，一看电话号码，原来是我太太一个住在高雄冈山的亲戚。他知道我到了高雄，一定要请我去冈山吃名声响亮的冈山羊肉

“春天姐”的辣妈姐妹照

火锅。我说下午还要寻访“大陆新娘”。朋友笑了：“你要找我呀！我们冈山有大堆的‘大陆新娘’。”听他这么一说，我立刻爬起床。从我住的酒店到冈山一个多小时的车程。冈山原来属于高雄县，后来高雄县与高雄市合并，成为高雄市的一个区，但还是较乡下。冈山地区过去军营很多，因此，老荣民的“退舍”也多。路上不时会看见军营和“退舍”。太太的亲戚指着路边一晃而过的一座“退舍”说：“这里面还有不少‘大陆新娘’，待会吃完羊肉火锅，我帮你去找她们。”我连忙谢谢他的好意。我说老荣民的“大陆新娘”见了很多了，下午约好要去见见年轻一些的。他又是一片热情地说：“没问题，我住的社区的保全员就是一位年轻的大陆辣妈，先吃了羊肉火锅再讲！”

冈山羊肉火锅果然有名，小小的冈山镇，居然有一条专门卖冈山羊肉火锅的美食街。光标记正宗冈山羊肉火锅的店铺就有七八家。亲戚是本地人，他熟悉哪家最正宗。不过，我真不习惯吃这种台式羊肉火锅。不说远比不上北京的“东来顺”涮羊肉，就是“小肥羊”也比它强。这家火锅店的墙上贴着一张羊肉火锅渊源宣传单，仔细一看，原来冈山羊肉火锅前身还是当年驻扎在冈山的国民党的北方老兵们传过来的涮羊肉。天长日久被当地人改良了，形成了当地的品牌。

虽然我这大陆人的嘴巴挑剔，不喜好这一种口味，但店里满是从高雄市开车专门来吃羊肉火锅的客人。亲戚看出我并不喜欢这个羊肉火锅，匆匆吃完就帮我联系他们社区做“保全”的“大陆新娘”（注：台湾的保全就是大陆的保安）。“大陆新娘”保全员正在上班，原本不能接受访问，但知道我是她在大陆最喜爱看的一家电视台的资深记者时，就破例站在社区保全室的门口聊了起来。姑娘来自江西上饶，来台湾前，在大陆一个政府部门工作，是一位公务人员。由于人长得很漂亮，对婚事很挑剔，挑来挑去挑花了眼，一晃眼二十七八岁了还没出嫁。父母着急了，天天“逼婚”。

这时她的一位嫁来台湾的闺中密友，就介绍她认识了现在的台湾老公。先生是开大货车的司机，是一个大家庭，全家老老少少十几口人都住在一起。作为在大陆时的父母的掌上明珠、独生宝贝、骄傲的公主，很不习惯这种繁杂的大家庭的生活方式，每天天不亮就要起床侍候公婆，操弄家务，下厨做饭。台湾南部人习惯吃甜的，她江西人习惯吃辣的。她说既住不惯又吃不惯，几乎天天以泪洗面，天天都想回大陆。不久便罹患了抑郁症，好几次都想自杀。幸亏心疼她的丈夫拼命打工赚钱，不顾父母反对，自己买了房，搬了出去，又生下了一对漂亮儿女，她才慢慢缓过神来。我们交谈时，她的小女儿来找妈妈了，刚上小学一年级，每天中午要到社区保全室来做作业。她告诉我，在这里当社区保全员收入不高，但公司允许她可以在不影响工作的情况下，在午休时间也可让小孩到保全室做作业，顺便照顾他们。她的保全工作其实再简单不过，就是查验放行进出社区的车辆。小女孩长得很可爱，甜美的笑，有点像琼瑶写的《六个梦》中的小婉君。我问江西老表还想不想返回大陆去定居。她毫不犹豫地说：“想。”虽然台湾这边有爱她疼她的老公，还有自己的儿女，但她越来越想回老家去尽孝道。再说大陆比台湾一天天好，作为年轻人更有发展的空间，她还想说服老公回大陆去发展哩。

一个漂亮的大陆公务员，家里的独生女，能到几千里之外的台湾过一个完全不一样的生活，还真不简单。我没有见到她那整日辛苦开大货车的老公，但我为他们的幸福祝福。

下午回到高雄市下榻的酒店。“春天姐”已在酒店等我了，我问她要到哪里去看她姐妹们的舞蹈培训活动。从冈山回来的路上，我一直在想，下午的活动或许安排在郊外那些荒废的旧军营的操场。上了“春天姐”的车，“春天姐”告诉我，活动中心在酒店附近的国民党高雄市党部大楼。“那要收多少租金？”我很惊讶。“春天姐”笑笑：“分文不要。”“那你们是支持蓝营的？”“春天姐”更是一笑，说：“许多人都习惯将台湾的政治生态分成北部是蓝天南部是绿地。我们姐妹支持国民党，因为国民党也支持我们。我们提出想要一个地方做我们促进会的活动场地，他们就想办法在党部大楼腾出一间有十几坪大的会议室无偿给我们使用。”

到了国民党高雄党部大楼，这是幢大理石装饰的还算气派的大楼，“春天姐”她们的活动中心在党部大楼五楼。上楼的时候，“春天姐”叫我不要紧张，党部大楼只是国民党的党产物业而已。用商业运作方式来维护大楼的保养。台北国民党中央党部大楼也是一样。国民党机关所用场地只有接地的那几层，以上的楼层都租赁出去了，纯商业行为，不管进来的单位是蓝的还是绿的，付钱就可以使用。出了五楼电梯，整层楼面是开放式隔间办公区域。电梯左侧走道的一间房间门边挂着“高雄中华两岸婚姻协调促进会”的招牌。

“春天姐”推门进屋之前，朝我做了一个轻声的手势。“春天姐”轻轻将门推开一条缝，要我往里瞧。天哪！我差点惊叫起来，几乎是清一色的身材曼妙的美女，她们很认真地听从一位个子小巧玲珑的美女教练的指导，一板一眼地认真练习舞步。配舞的音乐放的是《茉莉花》。我惊异地轻问："她们都是？""春天姐"点点头。这时练舞的人发现门口有人偷窥，冲过来了。"春天姐"忙推开门，她们见是"春天姐"，惊叫道："春天姐?！你不是说今天不参加吗？"

"春天姐"也笑翻了地说："跟你们玩个小游戏。我带了一位贵客来。""春天姐"把我拉到她们面前，介绍我也是陆配，刚从大陆过来，想多了解些陆配的生活状况，要请姐妹们多多帮助。

这群辣妈"大陆新娘"很有礼貌地轻轻拍拍手。有"春天姐"当友情催化剂，大家很快便熟络起来了。不管我问什么，她们都大大方方地回答。我数了数这天练舞的辣妈一共有十二人。她们有的来自广东，有的来自广西，有的来自江西，有的来自福建，有的来自四川，有的来自河南，还有两个是我的湖南老乡，真的是五湖四海。她们中间只有一位辣妈是全职太太，其他都有不同的职业，有的自己开个小店，有的推售品牌化妆品，有的是大酒店的主管。她们除了工作还要带宝宝。望着这群如花似玉的美女辣妈，我开玩笑说："高雄的男生真有福气。"她们一个个骄傲地笑了。

那位指导练舞的小巧玲珑的袖珍美女，来自广东梅县，那是世界客家人早期的祖地之一。我问她今年有没有三十岁。她一听笑得腰都弯了，她说她的大孩子都快二十岁了。

她的颜值真高。她的职业是有执照的瑜伽舞老师。我问她："你这么漂亮怎么嫁到台湾来呢？"我去过梅县，那是一个山清水秀的美丽侨乡，很多漂亮女孩都嫁到国外去当富太太了。

“春天姐”与姐妹聚餐照

她笑着说，自己原本也没想到嫁到台湾来，二十几年前，她那原是国民党老兵的公公带着儿子回乡探亲，她公公是她家亲戚的亲戚，正好那天她在亲戚家里玩，一不小心被还有相亲任务的儿子喜欢上了，就嫁到台湾来了。

我问她来台湾的日子过得怎么样。她道:“只要小两口相亲相爱，去哪里过日子都好。”我开玩笑地问 :“听说台湾南部的阿嬷把媳妇管得很严？”她又是一笑:“老人家只要你顺着她，她对你可好哩！”我又问 :“你这么漂亮，又能歌善舞，初到台湾时有什么想法吗？”她说她从小就爱好文艺，还有小小的明星梦，到了台湾以后，凭着自己的努力，成了有执照的瑜伽舞教练，既能实现自己的爱好，还能有不菲的收入，蛮有成就感。

我指着练舞的辣妈们:“你收她们的教练费吗？”她忙摇手:“自

“春天姐”与姐妹们舞蹈排练照

家姐妹，大家玩得开心就好了。”一直在旁笑眯眯看着我与她的姐妹聊天的“春天姐”插进话：“我们姐妹相聚不是为了钱，是为了解乡愁。我们还常举办一人一菜的周末会餐。”“一人一菜？”我不解。姐妹们七嘴八舌抢着解释了，就是每个姐妹做一道拿手的家乡菜。大家带着老公、孩子一起聚餐。天南海北的各种美味佳肴集中在一起，刺激了大家的胃口，更能感受到大家庭的温情。

大家都很兴奋地讲述她们姐妹在一起的开心事时，我也发现一旁有个看上去最年轻的女孩，眉梢里藏着愁绪，羡慕地望着大家，我便上前问她多大年纪了，她说二十八岁了，但嫁来台湾也快十年了。在姐妹群中还是小字辈，而且也是刚与大家相识。我问：“怎么才认识这些大姐姐？”她的眼眶一下子就红了。

原来这个小妹妹现在是单亲妈妈，到这里来是为了寻找温暖的。她是河南开封人，小时候父母就带着全家到厦门做生意。后来她也在厦门一家服饰专卖店打工。那家店附近住了很多台商，有个来自高雄的男生喜欢上了她，常常来找她。

开始她不愿意与台湾人接触，父母也反对与台湾人往来，但后来经不住这个高雄男生的纠缠，便背着家里与他有了往来。

再后来男生帮她办了台湾自由行的旅游，便到了台湾，哪知就在自由行期间，她怀孕了。她不好意思再回大陆就嫁给了他。男的对她确实不错，台湾的公婆对她也很疼爱。

可是没多久，男的生意失败，又禁不住“损友”的诱惑，竟然背着她染上了毒瘾。当她知道老公吸毒，痛不欲生，男的家人也强烈指责男人。男的认错戒毒。但戒了没几个月，又吸毒了。这样她忍无可忍就与他离了婚，现在独自抚育小孩，心里很苦闷，就找到这里认识了这些姐姐。她说“春天姐”对她特别好，她很感谢。听她这么说，我陷入了沉思。她还很年轻，以后的日子还很长，她在台湾举目无亲，以后的路又将怎么走下去呢？依照台湾对大陆配偶的规定，现在尚未取得台湾身份证的她，如果没有双方亲生的儿女，一旦离婚她必须在一个月内离开台湾，否则算违规，将被遣返。幸亏她身边还有一个取得了监护权的小宝宝，她还可以办理依亲居留证，也可以在台湾工作。可是一旦失去小宝宝的监护权，她就只能无奈无助地离开台湾了。这也是台湾残酷的现实哪！

4. 也算有些戏剧性的花莲“大陆新娘”寻访记

到过台湾的观光客都知道，台湾最美的自然风光其实并不只在富有美丽传说的阿里山、日月潭，而更多的是在面临太平洋的花莲、台东等东部地区。

比如处于台湾中央山脉，令人叹为观止的太鲁阁地质公园，整座太鲁阁峡谷仿佛都是质地上乘的大理石天然造就，所有大川小溪的河床仿佛被大理石天然铺成，整个太鲁阁简直就是浑然天成的豪华大理石神殿。

“太鲁阁”是当地少数民族语，意思就是华丽、壮观。西太平洋那日无休止拍打着海岩的浪涛，又将太鲁阁入海的山脊削成千丈陡壁，直插大洋之底。风平浪静时远眺碧海蓝天既壮观又优雅；大风起时，海浪卷起千堆雪，吼叫着欲与天公试比高，又是别样风韵；又比如夹在台湾海岸山脉与台湾中央山脉之间的花东纵谷，良田万顷，既是台湾富庶的粮仓，又是宁静的桃花源世界……我很享受花莲的大自然美，曾数次去花莲休闲度假。

不久前，我又去了花莲，不过不是度假，而是受“春天姐”的极力推荐。她说要想知道能成功地融入台湾本地生活的“大陆新娘”，就一定要去拜访花莲的“胡大姐”。但在我的印象中，花东地区虽然很美，进出交通却非常不便。虽然交通工具有飞机、火车和大巴，但火车一票难求，速度很慢，一般要坐将近十个小时，而游览大巴无论行驶在北部方向的苏花公路，还是行驶在南部方向的中横公路，都是令人谈虎色变的险途。尤其是雨季，更是步步惊心。

当年一辆满载大陆游客的旅游巴士，就是在苏花公路上，被台风天的泥石流冲到太平洋去的，好几年过去了，至今还没有找到大巴的残骸和失踪的游客。正呼应了一句话：最美的地方是最辛苦的地方。之前我每次去花莲都是坐飞机，但那是小飞机，气候不好还随时取消。再加上担心坐飞机不安全，一眨眼好几年没去花莲了。这些年花莲的铁路交通似乎有了改善，这次坐的是改造不久的电气化列车，据说还是引进日本新干线技术。

现在从台北到花莲只要两个多钟头，很有坐高铁的舒适感。去花莲之前托花莲的朋友帮我在离火车站较近的一家酒店，预订了住两个晚上的单人房。这是一家在日本侵占时期盖的日式酒店，当年是花莲最豪华的酒店。大半个世纪过去了，现在看来也就是相当大陆三星级的酒店。几十年前的太平洋战争时期，日军在花莲建了神风自杀飞机基地。据说我这次住的酒店曾是许多飞行员自杀前寻欢作乐的地方。楼层走道很窄很暗，房间不大，大概当年为适应那些个头矮小的日本人居住而设计的吧。

那天火车到达花莲已是傍晚时分，天空下着毛毛雨。傍晚下雨是花莲一景。之前来花莲，我都喜欢傍晚时分，坐在十字街口的一家咖啡店的临街吧台，隔着玻璃窗边喝咖啡边看雨中匆匆而过的行人。这次很想重温过去的情景，但是当我住进酒店与“春天姐”推荐的胡大姐联系时，她问我现在哪里，我说已到花莲，我问到哪里去找她，她说她不在花莲市区，她的家在与台东县相邻的一个乡村，离花莲市区还有一百多公里。我一听，傻眼了。由于我的粗心，闹了乌龙，原以为下车就能见到胡大姐，看来行程彻底打乱了。

我必须退房到乡下去，但天色晚了，已经没有去胡大姐所在乡村的火车和公车，黑灯瞎火地坐计程车，我又怕怕的。怎么办？这一晚的时间我不想白白浪费，赶紧打电话回台北，请一位有“万事通”之称的朋友，帮忙联系一下花莲市区有没有熟悉的“大陆新娘”。台北的朋友要我稍等一会。幸好来花莲市区接待我的朋友是花莲电厂的厂长，人很热情，我住的酒店房间是他帮我预订的，我下车是他来接的，他安慰我不要着急，知道我喜欢吃花莲的“扁食”（注：台湾一种肉馅特多的馄饨），他又开车请我到据说当年蒋经国来花莲视察时，最喜欢去的一家店吃“扁食”。爱吃馄饨这也是我从小到大不变的嗜好。

刚坐下来喝了一口热气腾腾美味极了的“扁食”汤头，台北朋友的电话来了，她居然在极短的时间里帮我联系上了一个住在花莲空军旧眷村的“大陆新娘”。我拨通了朋友告知的联系电话，电话那头又是很热情的欢迎。

花莲空军旧眷村在花莲市区与花莲机场之间的海边。旁边有家五星级酒店。十几年前我第一次去花莲就住在这家酒店。我的印象中，当时那里除了这家酒店，还有一所花莲女子师范大学，除此之外周围都是大片田地。花莲电厂厂长朋友把我送到了眷村，他还要值夜班先回去了。已是点灯时分，过去的那片田地不见了，已经耸立了一栋栋高楼大厦。

家家灯火通明，我要找的“大陆新娘”，住在一个叫“民义”的社区。但这不是旧眷村，已是一个带有大型中庭花园的楼群，是新眷村。我通过社区保全人员联系上了我要寻访的“大陆新娘”。她住在五楼。按响门铃，迎接我的是位和蔼可亲的大姐，她已泡上了热茶，还准备了凤梨和西瓜等水果。

她的先生走路有点颤颤巍巍，也一起在门前迎接我，她说先生前两年轻度中风，行走有些不便。大姐姓谭，来自湖南省永州市。永州是中国古代大文学家柳宗元被贬当官的地方，也是他写下散文名篇《永州八记》的地方。古代湖南八景的第一景“潇湘夜雨”，就在永州县城附近的潇水与湘江汇合处。大姐的先生也是湖南人，与马英九的妈妈是湖南宁乡老乡。谭大姐的先生比他大三十多岁，今年九十三了。过去是国民党的空军机械师。二十几年前老先生的前妻仙逝了，老先生到湖南探亲，同去的军中同僚有个永州人，便将独居的大姐介绍给老先生认识，这样大姐来到了台湾。

大姐在大陆时是一家工厂的会计，人很能干，来台湾尽心服侍老先生，与老先生前妻的几个子女也相处很好。老先生的儿女都在台北。现在就他们老两口在花莲相依为命。大姐对他们现在的新住屋很满意，还领我去参观他们的房间。我打开阳台，一阵凉爽的海风吹来，很舒服。大姐告诉我，平时老先生坐在客厅时，她不敢轻易开阳台门，怕他受凉感冒。站在阳台上，夜色中，我看不清不远处的茫茫大海，但隐约听得到海浪拍打的阵阵涛声，不禁感叹道：“住在这里很幸福啊！”大姐满意地直点头。

大姐不善言辞，但我想今天能实地寻访到这一个花莲市的“大陆新娘”已算意外收获了，不想多打扰他们老两口，欲告辞。但热心的大姐忽然说，旁边一栋大楼里还有个湖南老乡，愿不愿意见见。大姐说那个老乡来台湾可真的是被爱情感动而来的。

呵！这又是新发现，从我这些日子的寻访观察中，我发现一般老荣民的“大陆新娘”，多少都带有经济色彩而来台湾的，为情感动的这还是头一回听到。我喜出望外忙点头。谭大姐的电话打过去不一会儿，那个大姐就来了。而且居然也姓胡，真是想找的“胡姐”暂时见不到，不期而遇的“胡姐”先见到了。由于都是湖南老乡，也没有什么客气，直奔主题。我说：“听大姐说你是被你的先生追了好几年才嫁过来的？”这个胡大姐有点羞涩地笑了，点头说没错。

花莲市谭姐阖家照

花莲市谭姐、胡姐与马英九合影

花莲市民义社区图片

二十几年前，她还是湖南南岭山下的一个乡村小学老师。三十刚出头的时候，她的丈夫罹患癌症去世了，遗下三个未成年的小孩，全靠她一人独立抚养。那时她还年轻，人也漂亮，提亲的人不断，但她都不同意。她说哪怕日子过得多苦，也要独立将小孩抚养成人，她要对得起早逝的爱人。一些想打她坏主意的人，也被她严厉斥责。“烈女”“贞女”成了对她的美誉。

而就在这期间，离她家不远的村子，有一个国民党老兵从台湾回来探亲，听说她的事后，好奇地跑来看她。已丧偶的老兵对她一见钟情，就拿出重金聘礼要娶她。她毫不客气地回绝，不准他上门。但老先生不死心，回到台湾，三天两头书信寄来，对她发起猛烈的情书攻势，开始她一见到台湾寄来的信封，信也不拆拿起就撕掉、烧掉，当然更不可能回信。她心想：“看你还能写几天？”哪知这个老先生也是倔强的湖南骡子脾气，这书信攻势一写就是两三年，到后来，连她都不耐烦撕信、烧信了。

而年幼的儿女也渐渐懂事了，见妈妈这么辛苦，也劝妈妈认真对待这件事。这时她才在犹豫中开始拆信看了，慢慢也被信中真情打动，便简短地回了信，说明他们可以兄妹相称，但不能嫁给他。可是老先生终于见到回音，写情书的积极性更高了，来信的频率更大了。几年后，禁不住爱情攻势的她终于嫁给了老先生。

遗憾的是，他们共同生活了十几年后，老先生一年前去世了……说到这里，大姐低下头，轻轻擦了擦眼角的泪水。我听得也很感动，问她现在独自一人住在花莲还好吗，老先生与前妻生的子女对她好吗。她说他们对她很好，像亲姐妹一样好。而她自己的儿女也学有所成，在经济较发达的广东珠三角地区工作。虽然老先生去世了，但她仍舍不得美丽的花莲和留下爱情记忆的地方，便两边来回走动。我试问她："当年老先生写给你的信还有留下吗？"她点头。"能让我看看吗？"她不好意思地笑笑："下次有机会再给你看。"

这次能与这两个大姐见面是意外插曲，也是意外收获。我很感动，时隔快一年了，我还常常浮现出她们送我到社区服务中心的路灯下，我上计程车时她们亲切热情地挥手告别的镜头。我想一定还要去探望她们。我也好想看看当年台湾老先生写给胡大姐的情书。

花莲第一夜算是意外的收获。第二天我又开始寻访另一个胡大姐之旅。我很早就到了花莲火车站。车站老旧，似乎多几个旅客就无立身之地，大概相当于大陆的三等小车站。我怕再闹出昨日南辕北辙的乌龙事，在站前小摊买了张地图，"按图索骥"地与胡大姐联系。弄清胡大姐的家住在花莲县与台东县交界的瑞穗乡富源村，然后再到车站问讯处打听有没有去富源村的火车，答复是每天只有一早一晚两班区间车可以到富源，早班车早已出发了，晚班车则要到下午五点。

这下我又急了，忙与胡大姐联系，询问怎样才能尽快见面。胡大姐要我先乘坐区间车到富源前面一个叫公平的车站，她再开车到车站接我。而到公平站的区间车也要到中午才有。天空一直下着雨。老旧窄小的候车室里，地上湿答答的，几排座椅也坐满了人，我一直站着，中饭就在车站吃了一个铁路便当。好不容易等到区间车来了，我拖着沉重的行李箱经过不平整的地下通道，上了到公平站的区间车。车价虽然便宜，但车厢简陋，有点像过去大陆只在深山老林里行驶的窄轨火车。区间车没有对号座位，只有两排靠窗的长条椅，先到先坐。

乘客们你靠着我、我挤着你地坐着。中间走道倒很宽，可以摆挑担篓筐，放鸡鸭猪笼类的大物件，方便乡下人上上下下。好久不见这情景了，有点历史穿越感，但也蛮新奇。火车开起来，一摇一晃的，像坐在轿子里一样。就这样摇摇晃晃了一个多钟头，到了公平站。公平站是比花莲站更小的站。月台没有雨廊。天依然下着雨，我拖着行李箱，狼狈地快跑到站内躲雨。

车站在修整，候车室是塑胶大棚。下来不多的同行客人都离开了，车站外积满水的小小前坪也已空空荡荡了，说好要接我的胡大姐还没到。我很累、很狼狈。我的衣衫被汗水、雨水湿透了，一瞬间我闪过现在若有开走的列车，我会立即上车离去的念头。

正闪过这一念头，电话响了。胡大姐问我在哪里，我跑出塑胶大棚候车室，看见一辆银色小车停在原本空荡的停车坪里，忙拖着行李箱跑过去。驾车的是位中年女性。我问她是不是胡姐，她点点头，催我快上车，表情淡然，似乎对我的到来并不热情。我连说不好意思，她也没什么表示。一路上胡姐很专注地注视着前方开着车。天仍然下着雨，雨雾蒙蒙的，视线不好，胡大姐的车开得很慢。既然无话，我便看车外的风景，还真美，远山像水墨画，近处的公路两边都是刚插秧的稻田，秧苗似乎在汪洋水面上漂浮，又仿佛被雨点打着跳舞。车开了快半个钟头，终于到了胡姐所在的富源村。村子不大，民居大都是一幢幢青瓦白墙的透天厝。车到村旁一座木板大屋前停下。胡姐说这是她上班工作的地方，这些天事很多，要我自己先四下走走看看，有空再来陪我。看来她没说假话，我们还没下车，好几个妇女就迎上来找她，用闽南语叽叽喳喳地向她说着什么，我也听不懂。

说也奇怪，车到富源，雨就停了。正好可以抽抽烟，熟悉一下周围环境。定下神后，我才发现这幢木板屋是仿古再造的，上面挂了块招牌"花莲县瑞穗乡富源社区文化产业发展中心"。后来我知道富源社区是富源村十几个自然村的组合。门前告示牌上张贴一张手绘的富源社区游览图，标明这里地处花东纵谷中心，与台东县交界。站在屋前放眼远眺，层峦叠嶂在未散尽的雨雾中若隐若现。根据地图的注解，那里应是台湾著名的蝴蝶自然保护区，也是称为"蝴蝶谷"的森林公园。富源村的"文化中心"是借用台铁富源旧车站的一块空地改建的，房屋边还停了一台日本侵占时期使用过的古老蒸汽火车头。每天只有两班区间车过往的富源火车站，离"文化中心"木板房不远。我走进只有普通酒店大堂大小的车站看了看，售票室、上下站进出口、候车室一体化了，都集中在这小小的空间里。火车站也是日本侵占时期建的，历史痕迹很浓。但小小的车站非常整洁干净，比花莲车站和公平车站都漂亮。这是一个只有一位员工的车站。卖票、验票、接送车都是一个人。站前有一个小广场，广场两边有为“自由行”游客提供度假指南的服务中心，有一个小小的面馆，一个小小的美容美发店，还有一个小小的农会超市，如此而已。十几分钟逛完了富源火车站，我返回“文化中心”。胡姐还在忙碌，而且来找她的人更多了。但她面对叽叽喳喳的女人们不疾不徐，而且也是一样不苟言笑的神情，一板一眼地处理她们的问题。这时我忽然觉得起初见面时是否误判了她的冷淡。有的人的性格就是没有那么热情奔放的外向。她发现我在一旁有些无聊，便说：“不用急，我找我先生来陪你。”她拿起手机拨了电话。不一会，一位老先生骑着自行车从村里过来了。胡姐说：“他也姓刘，你们先聊吧。”她又忙去了。

老先生个子瘦高，比我这一米七几的个头还高一个头，很有精神。我问老先生是不是当年的老兵。二十世纪五十年代中叶，台湾当局为了解决百万老兵退役问题，把老兵们拉到苗栗与台东、花莲交接的中央山脉，修建那千难万险的中横公路。很多老兵为台湾的建设在这里殉职了，也有很多老兵就地安家了。老先生摇摇头幽默地说：“我不是老兵，我可是被莫名其妙地抛到台湾来的大陆知识青年。”

老先生给我讲述了他来台的经过。二十世纪四十年代末，当时正在广州中山大学历史系读书的老先生，与几个学友结伴，趁暑假

胡耀尹夫妇生活照

胡耀尹在花莲县瑞穗乡富源社区的工作照

来台湾游玩。哪知刚到，国民党军队就撤到台湾来了，再没有回大陆的船了。他们只得滞留在台湾。而他独自来到富源这个偏乡当小学教师，一待几十年。从小学校长任内退休，也从没离开过富源这块土地。富源是他名副其实的第二故乡。

莫看老先生已是九十高龄的人了，谈吐斯文，思维敏捷，记忆力惊人。也许是本家的缘故，我与他聊天，似乎有着天然的亲近感，两人谈得很起兴。我问他是如何娶到胡姐的。他像孩童一样不好意思地笑了笑，然后认真地说：“也许是天意，也许是缘分。”

那是二十多年前，他那相濡以沫数十载的原配，在一次外出旅游时车祸身亡，一直沉浸在丧偶之痛中的他，从一个开朗活泼的人，变得沉默、失神，后来朋友们邀他到大陆游玩散心，他们来到湖南郴州。郴州是湖南省与广东省交界的地方，两省之间隔着莽莽南岭山脉。郴州位于南岭山脉北侧，城边有座名山叫苏仙岭。

传说过去郴州发瘟疫，一位叫苏仙的神仙骑着白鹤来到这座山，为民除灾去病，故得名苏仙岭。以后有人将宋代大文豪苏东坡为秦少游的那首名词“……郴江幸自绕郴山，为谁流下潇湘去”题的跋、大书法家米芾书写的词文刻成石碑，设置在苏仙岭上，成为郴州文坛历史上有名的“三绝碑”。当年张学良将军由于“西安事变”遭囚禁，也在苏仙岭上的苏仙庙里被关押许久。

那次老先生和一群友人到郴州游苏仙岭的业余导游就是胡姐。胡姐本是郴州市一家大医院的护士长。由于她是郴州土生土长的人，朋友们就请她来陪这帮台湾朋友当游览解说。那时胡姐正好单身，学历史的老先生也为胡姐讲解的苏仙岭的传说而动容，似乎又恢复了当年的朝气，再经大家一撮合，胡姐就从大陆巍巍南岭山脉嫁到了台湾宁静美丽的花东纵谷。听老先生说到胡姐曾是医院的护士长时，顿时我也明白胡姐为什么做事那么专注认真、不急不徐、有板有眼。这就是专业精神！也是敬业的大陆老一代医护人员的本色。

我问老先生：“你们在一起这么多年了，你对她满意吗？”老先生竖起大拇指：“很满意！”我又说：“你是教书先生出身，你给她打多少分？”老先生毫不迟疑地说：“一百分！”我笑道：“你是太偏爱她了吧？”老先生急了：“牛皮不是吹的，我太太一百分是当局给她打的。你没看到他们办公室墙上贴有好多褒奖状吗？是傅昆箕亲自颁发的（注：傅昆箕是花莲县县长）。”

台湾许多县市每年都要搞“最美家园”“最佳社区”之类的社会评选活动，胡姐是富源村民选出来的文创中心理事长，她发挥她的组织能力、行动能力和领导能力，把富源村民都动员起来，挖掘古老村庄的文化魅力，建设美丽家园，数次捧回第一名的奖状和奖杯。

每一次获得大奖，当局都要发放好几十万的奖金，她说服社区管理阶层把奖金用到改造老旧村庄上面去，这样村庄越改越美，又能争取到当局再补贴，如此良性循环，这个本来老化的村庄又恢复了活力。有了胡姐这样的能人，富源村的村民无论老少都喜爱她。老人叫她“大姐”，小的叫她“阿嬷”，就这么一个“大陆新娘”，一二十年下来已完全融入了台湾农村社会，得到了大家的敬重。老先生还悄悄地告诉我，他也为太太准备了奖品，我好奇地问：“什么奖品？”他说送给她一甲土地。

“一甲土地？”我大吃一惊。台湾的一甲土地就是大陆的十几亩地。由于富源村地处花东纵谷，空气清新，风光绮丽，许多台北人都跑到这里买地开民宿，一甲土地价值好几千万台币哩！我又问他如果能从胡姐身上挑毛病，最大的毛病是什么。老先生呵呵笑道：“她为人比我还古板，不爱说话，不圆融，只顾埋头做事，从不吹牛拍马屁。”我说：“你这不是还在夸她嘛？”

我与老先生聊得很开心，起初的旅途郁闷也烟消云散了。天快黑了，看来胡姐也忙得差不多了。她这才腾出时间安顿我的住宿。我原以为住民宿。她说不用住民宿，去住消防队的民众培训中心，在台湾几乎每个大的村庄，都会有消防队驻守防灾防火。胡大姐带我进了消防队队部，无论官兵都亲热地异口同声叫她“胡姐”。

消防队的民众培训中心宿舍是八个人一间的上下铺床。看在胡姐面子上，我受到特别优待，住在带客厅的长官套房。放下行李，胡姐要请我吃晚饭。我想这乡村不会有像样的饭店。

哪知离富源村几公里外的大马路上，还真的有一间不输台北那种城市氛围的田园式简餐店。胡姐告诉我，平日这间简餐店要预约，由于是雨天，我们去时还有位子。环境很雅致，外观是欧式乡村别墅风。东西好吃又丰富。我点的鲔鱼套餐带水果、带饮料，只要一百六十元台币，这在台北没有好几百元台币是吃不到的，而且台北的食材绝对没有这里的新鲜。小餐馆的老板是对年轻夫妇，我问他们怎么会到这么乡下的地方来做餐饮。他说几年前，他们从台北自驾车游花东纵谷，发现这里又宁静又美丽，有益于老人身心健康，也有益幼儿教育，就花了几百万台币买了靠大马路边的一百多坪的土地，盖起了这两层楼的田园简餐店。现在一家三代五六口人都住在这里。

吃完晚饭，胡姐送我去消防队时，顺路要我去看看她家。她家离“文化中心”只有几百米远，也是一幢三层楼的透天厝。进门就看见客厅正墙上挂着一幅老先生与一位女人的合照，胡姐主动告诉我，照片上那女人是老先生逝去的前妻。顿时，我对胡姐肃然起敬。作为女性这是很大的包容哪！也许这就是胡姐在台湾这个家里受到老先生和老先生与前妻所生的儿女们敬重的原因。这也是中华传统的伟大妇德啊！

晚上虽然睡在消防队的长官套房，但没有酒店的舒适感，还是不习惯，加上夜间风大雨大，久久没能入睡。好不容易迷糊睡着，突然听到窗外那台箱形空调上面有东西在吵闹，我还以为是老鼠，睁眼一看天已经亮了，便蹑手蹑脚走到窗前，探头一看，是一对我从没见过的美艳小鸟在互相嬉戏。看着小鸟那亲热的模样，我不禁又想起胡姐和老先生，他们不也是这么恩爱吗？湖南有一种叫花鼓戏的地方戏曲。这个戏种有一出闻名中外的著名剧目《刘海砍樵》。这出戏说的是砍柴的樵夫刘海与狐狸变的胡大姐的神奇美丽的爱情故事。而花东纵谷的刘先生和大陆来的胡大姐，与《刘海砍樵》这出戏的男女主角是一样的姓刘姓胡，这是巧合还是神话故事新的演绎呢？

昨天来时还是霪雨霏霏的天，今日放晴了，蓝天白云，将青山绿水映衬得更秀丽。昨天我还赌气想拂袖而去，但今日我却庆幸留了下来。上午十点多的时候，胡姐开车来接我去“文化中心”。她说昨天没好好陪我不好意思，今天是星期天，她约了住在海边的一个“大陆新娘”过来玩，大家顺便认识一下。到了“文化中心”，一个徐娘半老但风韵犹存的大姐已在那里了。这个大姐是上海人，现在住在离这里几十公里外海岸山脉那边的海边一个小渔村。她来这里先要坐一个多小时的公车，再转乘半个多小时区间车。这个上海大姐比胡姐外向一点，用上海味的普通话讲了她来台的故事。

她嫁来台湾也快二十年了，她的先生也不是国民党的老兵。二十世纪九十年代她先生在上海做生意，认识了当时还在上海市静安区一家幼儿园当教师的她之后，两人结合一起来到台湾。这个上海大姐起初只以为台湾好玩，可能比上海还繁荣，便带着极大的好奇心跟着先生回台湾老家来居住。哪知到了台北刚出机场，就换乘当时跑得很慢的火车去花莲；坐了大半天的火车到了花莲，哪知还要坐更慢的区间车去先生的老家；哪知坐了区间车还要坐贴着海边崎岖道路行驶的公车，一路上越走越偏僻，越走越迷糊，一直来到一个依山傍海、仅有几百人的小渔村，先生说到家了。当时她感到有上当受骗的感觉。

小渔村大部分是老人，年轻人要不出远洋捕鱼，要不就是进城工作。村里没几个人，寂寞得很。起初很不习惯，要知道她是从世界上最繁华的大都市，来到了世界上最偏远的小角落。晚上巨大的海浪拍岸声，常常吓得她做噩梦，天天想回上海去。后来先生在村里开了一家小药房，每天都有人来药房买这买那，这才慢慢不觉得寂寞了。慢慢地她觉得这样的大自然环境，是人生难得的享受。现在回上海待不了几天，就想着要回到这海边小村来。我听她这么说，十分羡慕，很想立马就到他们那个小渔村去享受一下。

午饭是在“文化中心”的简易食堂吃的简餐，三菜一汤。每人只收一百元台币。胡大姐告诉我，由于他们社区工作做得出色，每年都有奖励金。她就建议社区在奖励基础上再加点补贴，为孤寡老人提供免费营养午餐。大米、蔬菜都是村里自产的，很新鲜。花东纵谷产的稻米在台湾很有名，什么池上米、关山米、玉里米都远销日本，我还在农会商店买了几袋带回台北哩。我们正要吃饭时，又来了一个个子瘦小但精干的大姐。她也是来吃营养午餐的。

胡姐告诉我，这也是个“大陆新娘”。她是甘肃人，听说还蛮有学问的，来台湾之前还是一所大学的地质学教授，但性格有点怪怪的。早几年被先生赶出了家门。现在借住在他们村子的家庙里。我问这个大姐住的庙大不大，人多不多，她哈哈笑道：“庙公庙婆都是我，还有一条小狗。”原来这是间平常无人照顾的小家庙，谁都可以住。这个大姐吃完饭，将剩饭剩菜打包，说要喂她的宝贝小狗。下午她还要到花莲市里去洗温泉SPA。我奇怪她这被赶出门了的“大陆新娘”，怎么还没被遣返回大陆。胡姐告诉我，她早已拿到了身份证，不会被遣返了，而且她过了六十五岁，当局每月还要发给她几千元台币的老人福利金，坐普通交通工具还通通免费哩。

这趟花莲行很有戏剧性地结束了。我要找一个胡大姐，却意外地见到了两个胡大姐。

5. 顺道高雄探访另类“大陆新娘”的铁马驿站

离开花东纵谷的花莲县富源村，一路上我想了许多。台湾很美，富源很美，但远离家乡来到这里的“大陆新娘”还真不容易。

就这次花莲寻访胡大姐她们的经历而言，如果不是路途的来回折腾，一般人还真感受不到台湾南北经济发展的差异，而地处少数民族较多的台湾东部发展更为落后。我离开富源要去高雄，就必须先坐区间车到能停靠普通列车的瑞穗站。而我坐在从富源站到瑞穗站的区间车上，仿佛又一次在经历时空穿越。富源站月台是几十年前日本人留下的。车站老旧、路轨老旧、车厢老旧，车底距月台很高，拖着沉重行李箱的我差点爬不上车。上了车，又差点掉进老旧车厢连接处的巨大空隙之中。

我这坐过全世界各地火车的人，上了车居然不知道如何推开这日式老旧车厢的门。幸亏同时去瑞穗站的还有几个天天要从富源到瑞穗上学的小朋友，他们很热情地帮我打开笨重的车门。

几十年过去了，台湾东部使用的铁道线路基本上还是当年日本侵占台湾时期建设的，尤其是台东到屏东那段铁路，一条接一条的隧道，上面爬满古藤，长满绿苔，从旅游者的角度来看的确很美、很新鲜，但从经济学者的角度看，“发展”仿佛在此也遭凝固。不过，虽然旅途颠颠簸簸，但发现这些，尤其能在台东的关山车站抢购到一盒美味的古早便当，也是额外的收获。下次我还会来的。

同时，这次旅行也给我另一种思考，像富源胡姐、海边上海大姐等“大陆新娘”费尽周折能在这里安居乐业，她们又是图什么呢？她们或居大都市，或有很好的职业，还有可观的养老金，台湾的舆论为什么就不能给她们点一个赞呢？

坐了七八个小时的火车，入夜时分才到高雄。这次我没有与“春天姐”联系，也没有去找兰梅她们。这几天花莲之行对我这有一把年纪的人确实太累了，我想好好休息一下。方便的话就随机寻访一下“大陆新娘”。

因此我邀了高雄一位老朋友陪我。朋友告诉我，经过二十多年的发展，在高雄几乎每个角落，每种服务行业，都能与“大陆新娘”不期而遇。这次我还是住左营的莲塘会馆。朋友要请我吃大餐，我说我只想吃街边卤肉饭什么的。

离饭店不远的一个街角边，有一个“清风小馆”。招牌上面标有各种小吃，还可以边吃边唱歌。我想进去看看，朋友拉住我，使了一个神秘的眼色。我正要问为什么，里面出来一个浓妆艳抹的“欧巴桑”，她招呼我们进去，听口音是大陆人。我顿时对朋友的举止有所悟。但我仍有好奇心，便与“欧巴桑”搭讪。我问她有没有卤肉饭，她嗲笑着：“进来嘛，什么吃的都有。”

我说：“我也是从大陆来的，听得出你也是大陆口音，你不要骗我哟！”“欧巴桑”听我这么说，顿时收起笑容，认真打量我一眼，轻声道：“算了，你别到这里吃东西了。”这时里面有一个穿得很清凉的辣妹，掀开门帘探头叫“欧巴桑”：“客人要喝酒，快拿几瓶啤酒来。”听口音也是大陆来的，我想往里面走，“欧巴桑”忙向我摆手，示意我快离开，她匆匆进去了。

我问朋友：“这是怎么回事，是红灯区？”朋友笑道：“台湾没有公开的红灯区，但有模糊地带，比如什么夜店啦，汽车旅店啦，最低等的就是这样的卡拉 OK 小吃店啦。”我问：“这些模糊地带的女孩都是大陆来的？”朋友道：“这倒不一定。不过，在左营一带，这样的小馆，‘大陆新娘’比较多。她们不一定是卖身，但有卖色相的嫌疑。里面一般都是卡座的形式，基本上是一对一的服务。有喝酒掷骰子的，有搂着唱歌的。客人高兴就多给些小费，交交朋友。”

我笑问朋友：“这样的小馆你来过吗？”朋友大方地回答：“来过呀，很正常嘛！”我又问：“交了朋友？”朋友仍大方地说：“很正常。”我又笑问：“你为什么不让我进去。”朋友讪笑道：“我们是粗人，你是文化人，怕你不好意思。你如果愿意认识这些在小馆打工的女孩，我有几个熟悉的，看她们有没有空，约她们出来吃个宵夜吧！”朋友立即拨通电话，有意放大扩音。

电话那头响起的当然是“大陆式”的大声：“大哥，找我？”听声音不像阿嬷级“大陆新娘”，而是“辣妈型”。朋友告诉她，台北来了朋友，想请她吃宵夜。她说对不起，正与老公一起陪朋友打麻将。朋友问我还要不要找另外的人，看看天色不早了，今天坐了一天的车，明天还要坐高铁回台北，我谢绝了朋友的好意，先回饭店吃泡面休息。

原以为第二天能睡个懒觉，慢慢去坐高铁回台北。哪知刚进房间，手机传来台北朋友的资讯，他帮我联系了一个另类的“大陆新娘”，姓吴，在高雄燕巢附近开了家“铁马驿站”民宿。朋友已经安排了在她家吃特色养生午餐。看来明天的行程又得改变了，我急忙又给高雄的老朋友打电话，请他明早开车送我去燕巢。

第二天，朋友大清早就来了。我不喜欢吃酒店的自助早餐，便问酒店服务生附近有没有美味小吃。服务生告诉我，离酒店百来米远的地方有家周记四川麻辣凉面摊，很受人喜欢。

我想到上次来高雄吃川菜的体会，有些犹豫，倒是我的朋友说，他吃过周记凉面，蛮正宗。我找到那家凉面摊，见两个二十来岁的年轻女生在照顾生意。凉面摊不大，一个半人高的玻璃食品柜里摆放着不少配菜，有夫妻肺片、咸水煮花生、麻辣毛豆等等。我问卖凉面的女生，哪样东西最搭凉面。她们口气不是很热情，回答：“都搭。”就凭这两个字和她们的服务态度，我看出她们应该都是大陆来的。在大陆我碰上这种态度，肯定掉头就走，但此时我还想多了解一些情况，便说每样都来一份吧。

看我们出手还蛮大方的，这下她们热情一点了。这时我直截了当地问：“你们是大陆来的吧？”她们一愣，抬眼看了看我，连忙摇头。

我说：“你们肯定不是老板娘。”她们点点头把实话告诉我，老板娘今天在别的面摊。不过，这些都是老板娘亲手做的。呵，还是家连锁凉面摊呀！我还想问什么，朋友接过她们装好的凉面料理，催促我回酒店。在回酒店的路上，朋友略带埋怨地说："在高雄，有的东西可以问，有的东西不可以问，我们本地人一看就知道她们是菜鸟。"这里面是不是还有难言之隐呢？朋友告诉我，台湾当局对"大陆新娘"工作管得很严，前几年尤其是陈水扁时期，没有拿到身份证的"大陆新娘"是绝对不可以在台湾打工的。一旦发现就会被关押遣返。

早期许多"大陆新娘"不知台湾状况，嫁过来才发现夫家并非万贯家财，大多仅是可以温饱而已。有的甚至一贫如洗，无业、吸毒、好吃懒做。有些"大陆新娘"只能心惊胆战地偷偷找些零工做，补贴家用。这几年"大陆新娘"打工的待遇好些了，但随着"大陆新娘"的年轻化，闹离婚的日渐增多，"形式夫妻"问题也浮出水面。"什么是形式夫妻？"对这些我前所未闻，很是讶异。

朋友解释道，所谓"形式夫妻"就是两人实质离了婚，但没有去办相关手续。因为"大陆新娘"还没有拿到身份证，又无子女可依亲居留，于是男女双方私下达成协议，两人还是住在一个屋檐下，但女方必须每月向男方支付三千到五千元台币，直到女方拿到身份证。这些女生大多是大陆乡下人，天天胆战心惊，习惯用警惕的目光打量周遭的人，生怕被人发现"形式夫妻"的秘密。嗨，真没想到还有这么多微妙的、复杂的社会问题。

周记四川麻辣凉面确实不错。包装盒上有"周记"的联络电话，我试着打过去，居然有人接，是个女的。我说找周老板，她说她就是，我恭维她家的凉面好吃，她很高兴。我问她是不是"大陆新娘"，她不隐讳地回答是的。

我说她好像不是四川人，她笑了："你耳朵好尖。"老板娘是湖南平江人。我开玩笑说："你冒用四川牌子不好吧？"她说只要口味是川味就好了！

中午要去的燕巢，原属高雄县，与原台南县交界，现在分别属高雄市和台南市，但明显是偏乡了（注：台湾人称偏远的乡下为偏乡）。但朋友说那边以前多是军营驻扎地，路好走。我怀着对另类"大陆新娘"的极大好奇，巴不得快点见识见识。可是下了高速公路交流道，我们就不知该怎么走了。临行前我与这位"大陆新娘"还通了电话，请她先告诉我详细地址。她说到了燕巢一问"铁马驿站"，大家都知道。可是我们到了燕巢停下车，问了好些人，都说不知道，再与她通话，她的手机却总是处于无法接通状态。燕巢小镇周边风景不错，有青青的山岗，弯弯的流水，茂盛的果林，但电话不通，到不了目的地，我也没有多少心情欣赏。

我和朋友两个手机不停地拨打，就是无法接通。下午我还要坐回台北的高铁，我们从十一点出发，将近十二点半还没联系上这位"大陆新娘"，我又想放弃这次探访了。突然电话响了，是"另类"的"大陆新娘"用家用电话打过来的，她问我们在哪里，怎么还没到。我说："我们就在燕巢，你的电话打不通，我们不知道怎么来，准备回去了。"她急忙说："那可不行，到了家门口了，不过来就太见怪了。"这时她先生接过了电话，告诉我们，穿过燕巢街，直往前面森林深处走，然后过一座不大的红色拱形铁桥，旁边就有"铁马驿站"的指示牌，顺着箭头方向再往里走就到了。照他的指示，我们很快就到了山坳里一座高墙围着的中西合璧大院前。大院铁门敞开,里面的空地足可以停放十几辆小车。附近好像是军营,有训练场。

大院门前没有“铁马驿站”的招牌，不太像民宿，可又没人出来打招呼。朋友说大概是这里吧。按了几声喇叭，从二楼阳台旁的窗户里，有位大姐探出头张望，问：“是刘先生吗？”我问：“你是吴姐吗？”她点点头。我们下了车，楼上的吴姐要我们从带雨廊的大门进到大堂，然后从左边楼梯上来。她在楼上厨房做饭，还忙着哩。这人真是有点另类，连接人待物的方式都大不相同。

我们上了楼，吴姐在楼上客厅接待我们，带到左边的餐厅，一张大圆桌前已坐了好几位客人了。大姐一一介绍给我，一个高个子的女士是从台南市来的，还有年轻的一男一女是夫妇，是从台南县

燕巢的铁马驿站

吴明辉（左一）的姐妹一起准备的养生餐

来的。旁边还有一位老先生是吴姐的丈夫。她说大家都在等我们。她指着餐桌上的一大桌菜说："这是养生餐，都是自家菜园种的有机蔬菜和山里正当令的小竹笋。"她是上海人，特意做了素食生煎包，还有一笼热腾腾的香肠蒸饭。

我是典型的湖南人，只要有辣椒就行了。此行目的不是吃饭，而是要抓紧时间多聊聊。大家边吃边聊，我知道高个子中年女人也是"大陆新娘"，从浙江舟山嫁过来十几年了，先生是员警。这位舟山"大陆新娘"回答我的问题时，口气显得有些自傲。那对年轻夫妻，男的是"大陆新郎"，浙江台州人，女的是台南人。他们是做红酒生意的。我们很快就吃完了饭。台南来的客人先走了。

吴姐和她先生陪我边参观他们的豪宅，边聊她的身世。这时我才知道，吴姐并不是正宗的"大陆新娘"，应该说是"华人新娘"。她二十几年前离开上海出国闯世界，后来到了南美洲的一个国家，在那里入了国籍，也在那里认识了现在的台湾先生。十几年前，作为家中独子的先生要回台湾继承父业，吴姐也就随着丈夫到了台湾。

她的夫家是燕巢的大户人家，光土地就有好几千坪，包含周边十几座山。她的公公曾是台湾南部著名富商，专做汽车进口生意。她先生指着墙上挂的一幅老照片，那是一位老先生与一辆古董轿车的合影，他骄傲地告诉我，老先生是他父亲，那辆车是当年全台湾最早从美国进口的高级汽车。当年蒋介石陪美军顾问来高雄视察，坐的就是这辆车，还是专门向他家借的。

然后老先生又带我参观他们家收藏的字画，有一幅是台湾当代很有名的一位画家为他父母画的带山水的写真生活画，价值不菲。

我提醒他："那你们可得好好保管哟，随便挂在客厅的墙上，小心被人家偷走。"他们家住宅确实很大，上下两层楼有六七百坪大。但为何叫"铁马驿站"呢？台湾人称自行车为铁马，可他们家并没有自行车，后来我突然联想到老先生的父亲与汽车的合影，我想可能由此而命名吧。

而台北介绍我来的朋友之所以称吴姐为另类的"大陆新娘"，也可能是因为吴姐至今持的是外国护照吧。临走前，我要付饭钱，吴姐说今天是她招待，绝不收钱，但平常客人来她家吃养生餐，就必须要预约。我的朋友记下了她的电话，准备以后带太太来吃养生餐。

6. 台北中华路上的肖家三姐妹“潇湘园”私房菜馆

台北市有个西门町，西门町有个红楼，红楼对面有个叫“门卡迪”的咖啡馆。这家咖啡馆是我最爱去的地方，只要到了台北市，我就喜欢坐在咖啡馆阳台上的咖啡座约见朋友，喝茶聊天。

为什么？告诉大家一个秘密，那里可以吸烟。要知道，台北市到处禁烟，对抽烟的民众来说也是有点人权不自由。同时这家咖啡馆阳台面对西门古宅红楼，边喝茶，还可以边欣赏红楼广场来来往往的游客。每逢周六周日，红楼广场还有一个文创小集市，有点像纽约中央公园的跳蚤市场，更令人大开眼界。那么西门町红楼前的咖啡馆怎么会与“潇湘园”私房菜发生联系呢？

一天，我与台湾“万世国际文化公司”的马总，又相约在这里见面，他家就住在附近，能找到这个地方抽烟、喝茶、聊天，也是他告诉我的。他太太也不准他在家抽烟，他便常躲在这里抽烟。这一天马总还约了新北市的出版商黄总，他们要商量与台北“故宫博物院”合作印刷《永乐大典》一事，而我要与黄总商量出版《台湾大陆新娘寻访录》一事。大家下午四点多相聚在这里，一聊就聊到了该吃晚饭的时候。到哪里去吃呢？

多年下来，西门町周边的餐馆我几乎吃遍了。吃得最多的当然是“门卡迪”咖啡馆的简餐，什么意大利面，什么海鲜炖饭，但大家都吃腻了。马总突然想起附近中华路上有家新开的湖南菜馆，那里的剁椒鱼头非常棒。我们三个人都能吃辣椒，一致同意去那里吃晚饭。

餐馆在中华路边，从西门町红楼走过去不超过十分钟。餐馆不大，只能摆四张大桌，七八张小桌而已。我们去时人满满的，但算幸运，靠里边还有张小桌可以坐三个人。老板是位辣妈，穿着很清凉，问我们要点什么菜，马总说剁椒鱼头。老板娘说你们预订没有，我们摇头，说只因听说这里的剁椒鱼头特别美味，专程过来的。老

潇湘园图片

潇湘园后厨图片

板娘似乎有些为难。

我听出老板娘说话带有浓重的湖南长沙口音，便用长沙话道："好不容易闻名而来，莫要我们扫兴嘛。"

老板娘看我一眼："哦！你是长沙老乡。那等一下！"然后转身进了厨房，不一会她出来告诉我们，已经派人买鱼去了，但要等一下。我们当然高兴，现买的鱼更新鲜。

马总和黄总点了凉菜和啤酒，边喝边等剁椒鱼头。我不好酒，也许是职业习惯，每到一个陌生地方，都喜欢东张西望地观察打探。我注意到每一桌上都有剁椒鱼头，看来真是招牌菜。来吃饭的人大多上了年纪，与老板娘都很熟似的，听口音大多是"外省挂"（注：台湾本地人称当年随国民党军队撤退来台湾的人及其子女为"外省挂"）。

等先来吃饭的客人走得差不多的时候，剁椒鱼头终于上来了，气味香喷喷的，色相红通通的，筷子轻轻一拨鱼头，鱼肉白白嫩嫩，舌尖一碰，味道鲜美极了。老板娘问味道怎么样，我们三人都竖起大拇指："赞。"

老板娘可得意了，她说全台北也没有第二家能做出这么正宗的剁椒鱼头。诀窍就是其中的剁椒，是她亲自按祖传秘方腌渍的。我说："你这么漂亮能干，你老公肯定喜欢你。"老板娘叹口气："唉，就是没得老公疼嘛，要不哪有今天这么辛苦。大哥你帮小妹找一个嘛。"我也开玩笑地说："我们帮你找的，怕你不满意。"

老板娘真是伶牙俐齿："哎呀，大哥你们都是大老板，帮我们找的老公肯定不差！"旁边一位在收拾餐桌的中年妹，也插话道：

"大哥也帮我找一个，我也没老公。"我说："你们真会开玩笑呀！"在一旁一直低着头玩手机的一位辣妹也说道："顺便也帮我找一个。"我这老江湖一时也不知该怎么应答了，这三姐妹真会开玩笑。但老板娘认真地说："我们都是老乡嘛，老乡不会对老乡讲假话的。"她指着中年妹："这是我姐姐。"指着辣妹："这是我妹妹。我姓肖，这一带都知道'潇湘园'是肖家三个没老公的大陆姐妹开的。"我将信将疑，望望收银的老者，他笑着点点头，我还是半信半疑，问道："你们没有老公，怎么能开店？"

这时一位背着书包、亭亭玉立的小姑娘进来就叫："妈，肚子饿了。"老板娘搂住小姑娘说："这是我的宝贝女儿，我是依她的亲才能居留台湾的。"按台湾的现行规定，大陆配偶来台后，如果在台湾的配偶死亡或双方离异后，没有取得台湾身份证，必须在规定的时间内离开台湾。但如果有双方共同的亲生儿女，并取得了监护权的话，可以儿女之名依亲居留。

我与肖家三姐妹说说笑笑间，马总和黄总也吃饱喝足要走了。我们是最后一批客人，老板娘送我们出门，还不忘用长沙式的幽默讲道："欢迎再次光临，顺便带几位帅哥来，告诉他们这里有三位单身淑女！"

之后我又去了几次，当然不是当她们的媒人，而是冲着正宗的剁椒鱼头去的。一来二去，与她们混熟了，知道她们老家是在长沙市南门口，熟悉老长沙的人都知道长沙南门口有点像台北西门町，小商小贩特多，长沙许多著名小吃都集中在那里，南门口的人也都蛮能干的。不过现在的南门口已拆迁了，成了著名的酒吧步行街。

看来肖家三姐妹开这个餐馆还真的不容易。要知道这可是台北市的黄金地段，房租很贵，为了节省成本，她们几乎没请一个工人，全靠姐妹三人打理。

老板排行老二，她负责食材采购并担任主厨，大姐帮老妹联系客人和跑堂服务。“剁椒鱼头”是她们的主打招牌菜，大姐告诉我，一些年纪大的外省籍退休官员，很喜欢来这里聚会。

由于这里的口味不同于台湾料理，因此从湖南、湖北、四川、贵州那些喜辣地区来的“大陆新娘”也常来光顾。一次我和几位朋友又前去“潇湘园”用餐，发现旁边大桌的客人吃得蛮热闹，嘴里塞满东西还在叫叫喊喊，全然不顾旁边的客人，我便悄悄问肖家大姐：“是从大陆来的？”大姐点点头告诉我，这是“中华生产党”的主席请大陆来的朋友吃饭。她问我知不知道“生产党”，我笑了，但没说我还认识这个党的一些核心成员。但我自从发现这里是“大陆新娘”的秘密“据点”后，我更是常来光顾“剁椒鱼头”了，顺带也可以听听她们酒后吐真言。

7. 一定要去“50岚”奶茶店打工的“川大”医学学士妹

在台湾五大都市（台北市、新北市、台中市、台南市、高雄市），可能无人不熟知那黄底蓝字招牌的“50岚”奶茶店。

它是遍布台湾五大都市大街小巷的高端品牌珍珠奶茶店。QQ的波霸糯米珍珠，香醇的台湾高山茶，新鲜的高品质牛奶，科学卫生的现场操作方式，构成了台湾“50岚”奶茶的高品质保证。据说，如果你我都是办公室的白领，一起喝珍珠奶茶，倘若你喝的不是“50岚”，朋友会嘲笑你“没品”。因为“50岚”注重高品质，所以要加入“50岚”的工作队伍，也还蛮难的。

如果在半年前，若有人说台湾“50岚”也有大陆同胞在此打工，会被人指为天方夜谭。这是为什么呢？是对大陆同胞工作歧视吗？

我曾问过“50岚”管理高层的一位朋友，他苦笑道：“我们‘50岚’就如它的品味是公开、透明、优质的，只要符合‘50岚’征才要求的人，都不会拒绝。”言下之意我明白了，之前“50岚”肯定是有大陆来的新居民求职，但可能不符“50岚”的征人要求。我问：“那么，什么时候，你们会有大陆来的员工上班呢？”朋友自信地说：

遍布台北市的“50岚”

“慢慢肯定会有的。”

半年之后，朋友告诉我，他们开在新北市林口的一家加盟店，来了一位从大陆嫁过来的女生，工作表现很不错。我说能去看看吗，朋友说：“我们有规定，上班时间是不允许接待访客的。”但他答应帮我联系一下，看她休班闲暇时能不能见见面。他还告诉我，这位女生学历很高，是从四川大学华西医学院毕业的。如果在大陆，尤其在四川省会成都，若有人说堂堂川大华西医学院毕业生居然在台湾奶茶店打工，肯定会被人讥笑的。

要知道，四川大学华西医学院的前身是百年前外国人创办的华西协合大学，它可是与北京协和医学院、上海同济医学院、湖南湘雅医学院、广州中山医学院齐名的顶尖高等医学学府，犹如台湾的台湾大学医学院。这些全是出名医的殿堂哪！于是，我非常有兴趣地等着与这位女生见面的机会。

一天，我又在西门町的“门卡迪”与朋友们喝茶聊天。“50岚”

奶茶店的朋友来电话，问我在哪里，他已与林口“50岚”店的店长说好了，他们店那位四川打工妹和先生今天到了台北市，在西门町逛街，可以与她见面。我立即告诉朋友，我正好也在西门町“门卡迪”，赶快请他们过来喝咖啡。

稍等了一会，川大的女生和她的先生，在店长陪同下来了。店长我认识，是台湾淡江大学建筑系毕业的，与我那建筑学博士的儿子同科。他稍做了介绍，因有事先走了。临走时他告诉我，这位大陆女医学学士很能干，吃苦耐劳。我打量了一下这对夫妻，男的瘦高个，女的小巧玲珑。我是好开玩笑的人，便笑着对小女生说：“一看就知道你真的是个四川人哟！你知道过去大陆人称四川人是什么吗？”她好奇地盯着我问：“是什么？”我说：“川耗子！”她一脸莫名其妙。

这是老谚语，现在的年轻人一般都不知道。我解释给她听，就是因为四川人一般个子矮小，但机灵，所以外省人送他们一个外号叫“川耗子”。小女生顿时一脸通红。我赶紧打圆场：“别生气，个子矮小可多为伟人嘛。你们四川的邓小平不就是世界级的伟人吗？”小女生又笑了。玩笑一开，大家说话就放松多了。

小女生姓徐，四川成都人。成都是大陆西南地区最大的都市，常住人口近一千五百多万。加上流动人口，比全台湾的两千多万人不会少。成都也是个风光秀丽、历史底蕴深厚的文化名城，早期水利工程都江堰、青城天下幽的道教名山、武侯祠、杜甫草堂等等，留下说不尽的神话和传说。徐小姐同样也具有成都小妹的温柔和热情。

大陆有句民谚：湘妹多情情不长，川妹多情情也长。我问了徐小姐三个问题："你是怎样认识你先生的？你为什么离开成都来台湾？你来台湾有什么想法？"徐小姐都不假思索地一一爽快回答。

徐小姐今年二十出头，是家里的独生女，她与先生是在网络上认识的，先生是在网络上做远端心理辅导的老师，属于禅修范畴，在成都设有定点教室，常要到成都去讲课。热衷禅修的徐小姐有空就去听课，慢慢就爱上了先生，虽然先生比她大不少。

说到这里她望着先生问："你说是不是？"先生反倒问我："有没有那么大？"从颜值上看，两人年纪还真差不多。看来先生禅修很有功夫，保持了青春模样。差不多一年前，他们结了婚。徐小姐大学毕业后，由于迷上了禅修一直没有去找工作。

她说到"50 岚"打工是自己人生第一次求职，也是人生第一份工作。她说之所以将第一份工作选择"50 岚"，是经过认真思考和准备的。她说原本不想来台湾，也不想拿台湾的身份证。但来台湾后，发现台湾服务业有很多值得成都人学习的地方，尤其是成都人与台湾人一样都喜好甜食。而且成都将来发展空间很大，倘若自己在台湾能学到最好品牌的甜品饮料的管理和服务方式，将来就可以回到成都发展，也能与爱她的父母不会分离。于是她抓住能进"50 岚"的机会，努力工作，努力学习，短短半年时间，她就学会了"50 岚"的全套工作流程，而她甜美的服务态度也赢得许多回头客。

我又开玩笑地说："原来你是来偷师的。"她立即认真地否认，她说："我可不是过河拆桥的人。我想将来总有一天台湾的'50 岚'，也如人家的'星巴克'一样会进入大陆市场，那样我就可以与'50 岚'

一道进入成都，为两岸奶茶文化的交流发展做点贡献。”她这么一说，我倒对她肃然起敬了。她可以说是眼下台湾最年轻一代的“大陆新娘”，但又绝非随波逐流的一代“大陆新娘”。但后来我才知道，台北的“50 岚”几年前就已经进入了大陆。不过由于“50 岚”被人抢注，只能改用“1 點點”的商标出现。如今上海、杭州、广州、南京、长沙、深圳、福州、宁波、苏州等许多城市都有“1 點點”的奶茶店。

上海大华店

杭州店

南京秦淮店

福州长乐店

长沙芙蓉店

深圳福田店

上海人民公园店

武汉洪山店

苏州总店

8.YOYO 和她的单亲辣妈新动力演艺团

YOYO 是我第一次完成环岛寻访“大陆新娘”后，回到台北，由台湾“国际舞蹈运动总会”曾会长热情推荐的一位舞者，或曰舞蹈老师。初次与她电话联系时，她说她叫 YOYO，几年前曾在大陆举办的一次国际艺术节上见过我，当时我作为艺术节的执行主席还给她颁过奖。

因此，直到与她再见面之前我都以为她的名字叫“优优”。见面后互换名片，我才知道 YOYO 是她的艺名。她本姓尤，《红楼梦》里尤二姐的尤。

与 YOYO 再次见面的地方，还是约在西门町“门卡迪”咖啡馆外阳台。西门町附近也是 YOYO 新动力演艺团的活动中心区域之一。与她见面的时间还蛮难约定。白天她要指导演艺团的演员排练或演出，到了五点还要去幼儿园接小孩。这天下午四点多，YOYO 还没卸妆就赶来了，她说已请姐姐帮忙接小孩。她说她早就认识我了，可我似乎没什么印象。因为那次颁奖晚会上人人都浓妆艳抹，个个都美丽，但没有见到真面目。这次我仔细打量了一下，

YOYO 与马英九合影

YOYO 与姐妹合照

她不是想象中的瘦小型舞者，而是有点像杨玉环的丰腴型。

我点的是固定的大吉岭红茶，YOYO 要了摩卡咖啡。YOYO 开始讲述她在台湾的故事。

YOYO 老家在河南开封，父母是文化人，她从小就喜爱文艺，会弹钢琴，喜欢跳舞。十一二岁的时候，到台湾几十年都杳无音信的外公，突然从台湾回来了。外公特别喜欢她，后来将她们两姐妹与外婆一道接到了台湾。但没多久，年迈的外公、外婆相继去世，年纪轻轻的她，就去了一家舞蹈训练班当助手讨生活，她的探戈舞、国标舞跳得非常好。训练班的老师很喜欢她，就要她做他们家的媳妇。

平时老师对她还不错，年纪轻轻的小女孩也就稀里糊涂地嫁给了舞蹈老师的儿子。但很快她就发现这是一个错误。老师的儿子是个不顾家的公子哥，常常对她施暴，她多次想出走，但那时她已怀

新动力演艺团演出剧照与公益活动照

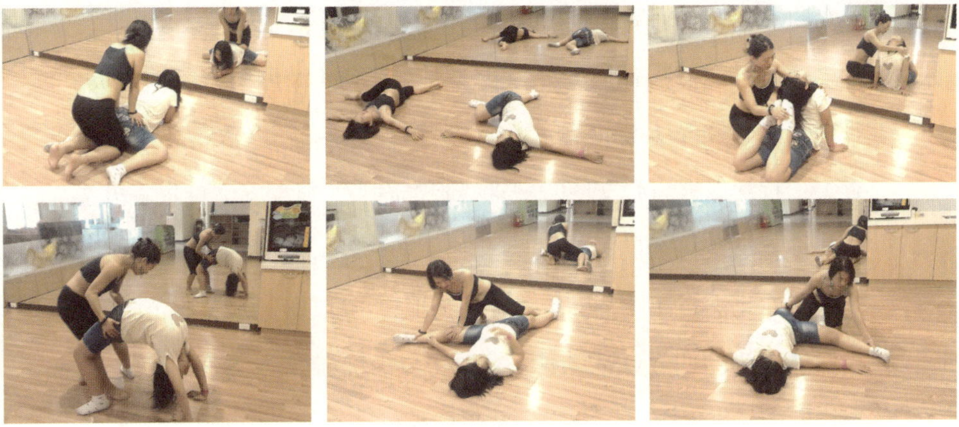

新动力演艺团练功照

有身孕，只能忍受。当儿子出生后，原本喜欢她的公婆也态度大变，对她和小孙子不闻不问。这时她忍无可忍便离了婚，带着襁褓里的孩子独自生活。

我静静地听她讲述着自己遭遇，不禁想起美国那部叫《舞娘》的电影，无不担心地问："你独自一人带着小宝宝，怎么生活呀？"她叹口气："人活着，总是有办法，只要你有正式身份，肯吃苦，就一定能活下去。"她离婚后，和已离了婚的姐姐，一起开办了舞蹈培训班，同时组建了新动力演艺团。这是一个松散的组合，有十几个姐妹。无论刮风下雨，她们为了生计含着眼泪又歌又舞，虽赚不了多少钱，但每天都有工作可做。台北市几乎天天都有商品促销、物业展销等活动，需要有人去蹦蹦跳跳拉抬人气，因此找她们的人还蛮多。

我问能见见她们的表演组合吗，她有点为难，说大家都是拖儿带女的，白天没时间，不好集中，下了班就要接小孩回家，忙做饭。我说这好办，哪天你们方便，我请大家都到“潇湘园”餐馆吃饭。我想只有十来个人，准备一大桌饭就差不多了。YOYO 还是皱着眉头，我发现她与我交谈时一直都皱着眉头，很少笑，真想不出这个从小就活泼可爱的河南姑娘，现在整天蹦蹦跳跳的“舞娘”，怎么变得如此忧心忡忡。于是我开玩笑地说：“哎呀，别愁眉苦脸了，我知道你为何叫 YOYO 啦！ YOYO 与忧忧同音。”她笑了笑，答应找机会与大家聚餐。我也不禁想到那位高雄的也是河南开封的小妹，她们的境遇怎么如此相似呢？

过了几天，YOYO 告诉我，她已约好了姐妹，在周末下午六点相聚。那天，为了隆重起见，我还特意请了“中华两岸婚姻协调促进会”的黄会长主陪。我和黄会长提前到了“潇湘园”，看来黄会长也常来这里，肖家三姐妹一见他就亲切地“伯伯长，伯伯短”喊着。YOYO 说她的姐妹都不怕辣。我预订了两大份剁椒鱼头，还有一大桌都带辣的家常湘菜。

到了六点钟，YOYO 还在路上，但这时餐厅门推开，进来一群拖儿带女的辣妈。她们仿佛都熟悉黄会长，也是“伯伯长，伯伯短”地称呼，可那群小孩都不客气，进门就说渴了要喝水，而且都不客气地坐到我预订的大桌。孩子们又吵又闹，店里其他客人莫名其妙。我不习惯与孩子们打交道，一时也手足无措，看来开一桌是容纳不下这么多人。这时进来一位身材高大的辣妈，大家叫她“周姐”。她进来扫视一下，对孩子们喝道：“不准吵！跟我来！”看来孩子们都认识周姐，乖乖起身，周姐与肖家老板娘打了个招呼，便

YOYO 与新动力演艺团合照

YOYO 与儿子

从冰柜拿了几大瓶可乐、雪碧，放在一旁的小桌上，说："来，孩子们就坐这里，先喝饮料。"餐厅顿时安静许多。

这位周姐给我留下了深刻印象，但看她的块头又不像能歌善舞的文艺人。后来才知道周姐是新动力演艺团能干的管家婆。这时，YOYO 带着她的孩子姗姗来迟，看到这场景，忙说不好意思，我说没关系，只要大家能吃好就好了。说实话，这样热闹的场面，想多说些什么都困难。但坐在我旁边的 YOYO 还是愧疚地一直道歉，说她们都是单亲妈妈，孩子不带来就没人管了。什么？这些辣妈也都是单亲？听她这么说，我的心揪了一下，真想马上跑到超市去，给孩子们买一大堆巧克力什么的，让孩子们稍稍幸福一下。我轻轻拍拍 YOYO 的手："不要说了，我不会怪你的，只要孩子们高兴，就是我今天的最大愿望。"这顿饭上，我没有向任何一位辣妈询问她们的处境，不想勾起她们的苦楚回忆，还是让大家多开心一下吧。

9."双北市"随机寻访的"大陆新娘"

用大陆人的眼光看台湾，台湾确实不大。如果坐火车环岛游台湾，从台北到花莲坐台铁三个多小时，从花莲到高雄坐台铁六个多小时。台铁相当于大陆的普通列车。再从南部的高雄坐高铁回到台北，只要两个多小时。

因此，可以说倘若安排紧凑，坐火车不用一天就可以绕台湾一圈。但是要实际"走透透"，寻访遍布台湾东西南北中的几十万大陆新娘，哪怕走马观花也得费以时日哪。不过，有了一段时间的寻访经验后，我现在可以凭直觉就差不多能判断谁是"大陆新娘"了。这样也加快了寻访速度。虽然比预先联系的寻访有难度，但也蛮有意思。

所谓"双北市"，就是台湾人对几乎连在一块的台北市和新北市（原台北县）的俗称。

随机寻访之一："卖菜西施"

地点：新北市新店区某菜市场

这个菜市场不像在都市中建的菜市场，是郊外一座旧厂房改建而成的。但依山傍水，风光优美，主要服务周边新开发的居民社区。它离我家所在的社区也不算远。我们社区坐落在有小阳明山之称的一座浓密绿树簇拥的山峦之中，我每次来去台北，都要经过这个菜市场。但过去很少光顾它，因为有洁癖的太太不喜欢在家里做饭，嫌油烟味太重。更嫌菜市场不像大超市那么干净，不让我去。但我已悄悄将这个地方作为我随机寻访的一个目标。我很好奇这样的菜市场有没有“大陆新娘”？但首先要解决两个难题。一是我若不买菜，我怎么会知道哪位卖菜的老板娘，哪位帮工就是“大陆新娘”呢？如果我买了菜，又不在家做饭，太太会问这菜从哪里来的，我又怎么回答呢？我只好耐心地等待机会。

新店某市场外观照

还算幸运，机会很快就来了。当时正值春暖花开，一天，太太的弟弟一家要来我们这里赏樱花。我们的社区是一个以别墅区为主体的社区，不但小区内道路两旁栽种了樱花树，有的住户还在自家院里也种了樱花树，而且从山脚通往社区的那条弯弯曲曲的马路两边，也栽种了樱花树。樱花盛开时节，我们这里竟像樱花公园，游人熙熙攘攘。

但这个社区有个缺点，周边没有高档的餐饮料理店。太太非常欢迎弟弟一家的到来，但又为请他们全家去哪里吃饭大伤脑筋。我便趁机提出就在家里做我拿手的湘菜招待他们，既有特色又有家庭感。这个方案立刻获得太太批准，她当然不知道我主动请缨的真正用意。借着准备特色餐，我提前几天就去那个菜市场采购食材。初进菜市场感觉还蛮新鲜的。

一小半区块是水果摊位，台湾的水果是具有世界级水准的，新鲜、甘甜、干净，种类齐全。一小半是熟食区，有现做的各种小吃，"甜不辣""猪血糕""盐焗鸡块""外省馒头"。一小半是鱼摊、猪肉摊、鸡肉摊，就是没有牛肉摊。据说台湾牛肉多半是从美国进口的，不新鲜，还有"疯牛病"之嫌，少有人问津，看来在台湾连这小小的菜市场也是成熟的市场经济，没有买就没有卖。

我一进菜市场就像女人们进大百货商场一样有热情，在大陆没事我也好逛菜市场，慢慢看慢慢逛，仿佛欣赏田园野趣。当然这次我心中的目标首先是观察有没有"大陆新娘"摆摊，或者是当员工的"大陆新娘"。我注意到鱼摊老板大多是女的，但从她们的闽南语谈吐似乎不像"大陆新娘"。有两个卖猪肉的摊位，一个是男的在卖，位置很好但买的人不多。而靠边的一个猪肉摊位却有人排队。台湾的排队文化，真的值得点赞，只要上了三人自然成行。这里为什么排队？可能有两个原因，一是摊位上面挂了条横幅："当日现宰黑猪肉"；一个是卖肉的是位"女屠夫"，三十出头，留短发，长相俊俏。虽然体态略嫌娇小，但拿起杀猪刀的架势还蛮有范儿的。我在排队时注意到她手法很细腻，服务很到位，话不多，顾客要哪块肉她就切哪块肉，然后认真包好，双手递给顾客，这时才向顾客略为微笑，很自然，很有淑女味。刹那间，直觉告诉我这位"卖肉西施"应是"大陆新娘"。在台湾经营菜市场的摊贩一般都是"欧巴桑"，她们也很热情，但大多是奔放式的热情。而眼前的"卖肉西施"似乎又有些自信心不足的卑怯。轮到我买肉了，为了找到搭讪的机会，又不影响她做生意，我有意多买几种猪肉，要了五花肉片、里脊肉条、饺子肉馅，还有熬汤大骨。

台湾的肉摊不像大陆的肉摊那样粗放，大陆卖肉的是将一头猪分成两半用大铁钩钓挂着卖，你要哪一块就割哪一块，要将排骨剁断，老板会使用板斧式样的砍刀使劲剁。台湾肉摊老板则使用袖珍式电动肉类加工机，将选好的肉块放进机器，根据顾客需要，要肉片就出肉片，要肉馅就出肉馅。在选肉时和看她加工的过程中，我瞅准她空闲的刹那间，轻问："你是大陆来的吧？"她抬眼一愣，我忙说我也是大陆来的，是湖南人，爱吃毛家红烧肉。我又问她是哪里人，她边切肉边轻答："陕西西安人。"我借问她在这个菜市场还有大陆来的吗，她朝卖青菜的那块片区噘噘嘴，仍是轻声说："那边好像还有一个湖北来的。"我不便再多打扰她，拿了肉就去蔬菜区。

蔬菜区其实就是迷你蔬菜超市。

我拎着菜市场专用菜篮，挑了一些蔬菜走到称重结账的地方，结账的是三位女性：两位“欧巴桑”，一位年轻女士，我估计年轻的大概是湖北“大陆新娘”，我有意站在她结账的那一行队伍。为了能搭讪，当然又是选了一堆各式蔬菜。我问她是大陆来的吗，她也是一愣，尴尬一笑。我忙说我们是半个老乡，我是湖南来的。

再问，她说她是湖北荆门人。荆门古称荆州，就是三国时期关羽大意失荆州的地方。荆门与湖南一水之隔。这个“大陆新娘”比较大方，她将我买的菜包好，递给我，还说欢迎老乡再来。就这么一个小小的菜市场居然还有两位年轻的“大陆新娘”，看来“大陆新娘”在台湾确实无处不在。

不过，后来我再找机会去时，“卖肉西施”不在了，摊主是位先生。我问以前卖肉的是不是他太太，他说是的。我问他的太太怎么不来了，他说之前自己做猪肉批发生意，现在不景气就专做零售了。他家住在三峡镇，离这里较远，家里有上小学的小孩和半岁大的幼儿要照顾，老婆就做全职太太了。而那位卖蔬菜的“老乡”也没见到。她的同事告诉我，她请假回老家过端午节，走后就再没来这里打工了。

随机寻访之二：“安徽看护”

地点：台北市石牌振兴医院

位于台北市阳明山山麓的石牌振兴医院，是台湾最有名的私立贵族医院。依山傍水，绿树成荫，犹如花园。据说这个医院的老人

台北振兴医院外观照

康复疗养部十分有名，它的病床是一床难求，要排队预约。一般等候时间要一两年。因为有的老人一住进来就不愿走了。甚至有的已在这里住了几十年，所花的医疗护理费足够买几栋豪宅了。

前不久，我到这家医院去看望一位老伯。他已年过八十，突患急性中风，全身不能活动，也无法说话。台湾的医疗保健有许多规定，虽然有“健保”的人都可以住公立医院，但有一个住院时间段，这个时间段一到期，医院就要病人出院，腾出病房资源治疗后来的病人。老伯的家人担心老人住公立医院费时折腾，就百般设法让老伯住进了这家昂贵的私立医院康复疗养部。

在台湾私立医院是可以无限期住下去的，条件是只要你有足够的钱。但是疗养部只负责常规医疗，病人家属必须自己或请人全程看护。在台湾依照这位老伯的情况，可以请两位外籍看护，台湾人叫“外劳”。台湾的外籍看护最多的是来自菲律宾和印尼的年轻女性。依台湾的规定，从请人到办理雇请“外劳”手续，一般要两个月左右，老伯病前身强力壮，近百公斤重，外号“胖叔”，一般身体单薄的看护根本无法挪动他。而子女辈一是工作忙，二是没有看护经验。普通的洗呀擦呀的身体洁净工作还勉强可以，但要每天数次背负“胖叔”上厕所，或洗澡抹身就很费力了。在“外劳”不到位的情况下，老伯家人不得不考虑请“大陆新娘”看护应急。台湾医院住院部全陪病人的外请看护，除了有长年工作合同的“外劳”，大多就是应急的“大陆新娘”。

老伯家人过去一直对“大陆新娘”看护有不太好的观感，认为她们要价高，“外劳”每月薪资三万元台币，二十四小时都住在雇主家。而“大陆新娘”看护要价每天两千元台币外加两百元便当费，不住雇主家，只在医院内陪护，超过八个小时还得加钱。老伯家人请我帮他们拿主意。我说事到如今，你们不能光凭观感好恶来请人，而要看实用不实用，护理到位不到位。他们说医院帮他们推荐了几位大陆来的女看护，要我和他们一起面试一下。

第一个是个身材瘦小的老妇人，来自贵州省，是位阿嬷级“大陆新娘”，嘴唇上也抹了口红。我问她多大年纪了，她说快六十岁了。我有点同情地说：“这位病人很重，你搬不动的。”她满怀信心地说：“没关系，我那位老先生也像他那样壮实，都是我服侍的。”看来她也是老荣民的“大陆新娘”。我问：“你先生呢？”她说：“走了。”我叹口气：“你也这么大年纪了，找个轻松的事去做吧。”她瞪了我一眼，转身气冲冲地走了。望着她的背影，我想，还蛮有个性的。这么大年纪还这么认真要工作赚钱，为谁呢？

第二个来面试的是一个大嫂，个头高大，嗓门也很大。我问她是哪里人，她回答是安徽黄山的。我随口一句：“噢，黄山来的小保姆。”她一听盯着我：“你去过黄山？你看过电影《黄山来的小保姆》？”我笑了，我说我就是大陆人。“哎呀，想不到能在这里碰到老乡！”她猛地抓住我的手，激动地摇着说：“你就把老爷子交给我吧，我会像照顾自己的老人一样照顾好他的！”我看了看老伯的家人，他们点点头。

随机寻访之三：“渔夫的女人”

地点：新北市万里乡渔港渔货市场（注：现在改称“万里区”，但台北人仍习惯称为“万里乡”）

太太喜欢吃鱼，可我这洞庭湖边长大的人却不喜欢吃鱼。也许小时候没饭吃，而鱼吃多了，我尤其不喜欢吃海鱼，嫌腥味太重了。这天天气很好，又逢假日休息，太太提出去万里海边游玩，我当然知道太太想吃鱼了。若是以往我会说你好不容易有假日，还是睡觉补眠吧。因为从我家到万里要开一个多钟头的车，我也是怕太太开车太辛苦。但这次我爽快地答应了。太太惊讶地望了我一眼，当然，我是别有企图。这次寻访“大陆新娘”，我还缺生活在海上的“大陆新娘”这一部分。而海上的“大陆新娘”，听说大多是从福建沿

台湾渔港的渔货市场

海地区过来的。我想能不能在万里渔港附近碰到“大陆新娘”。

单提“万里”，一般大陆游客很可能不知道，但说到万里野柳地质公园女王头像，大陆游客肯定兴奋不已。这里已成了大陆旅游团的必去景点。不过，万里渔港与野柳还隔座名叫翡翠岭的海岸小山。渔港这边没有什么景点，只有陡峭的海岸、拍岸的浪花和充满鱼腥味的小海港。但别小看这小渔港，在台北市“吃货”心中可是一个又新鲜又便宜的海鲜集散地。

那天我们睡了午觉才出发。当然是太太开车，我是只懂坐车的人。不知太太是否思“鱼”心切,平常开车要开一个多小时才到渔港，她这次只用了几十分钟。正好是渔船返港的时候，小小的渔货集市人山人海。有洁癖的太太自然把车停在远处，打发我挤到那充满鱼腥味的集市里去选购海鲜。其实这正是我求之不得的。海鱼的种类真多，红的绿的，五颜六色。大的海鱼大都很丑陋，龇牙咧嘴很吓人。较贵重的红鲷、白鲳一般不大，但很漂亮。我一边看鱼，同时也一边打量卖鱼的人。海鲜鱼摊上一般都是女人在忙碌，男人们刚出海归来，有的忙着卸货，有的忙着清洗渔船。而女人们则大声吆喝着卖刚到的海鲜。

听口音真的分不出谁是“大陆新娘”，福建人与台湾人都讲闽南语。我转了好几圈也没分辨出谁是“大陆新娘”，有点失望了，只好专心买鱼吧。但就在这时，我发现一个帮忙卸货的十来岁的大男生用“国语”大声问旁边一个卖鱼的“欧巴桑”:“渔货卸放在哪里？”“欧巴桑”大概是他的妈妈，她回答的“国语”就是福建那种普通话口音。

我赶紧过去，指着一条通红的鱼问她：“这是什么鱼？”她告诉我是红鲷，清蒸最好吃。我趁机问道：“听你口音好像是福建人。”她奇怪地问：“你怎么知道？”我指指那男生：“他是你儿子吧？”她点点头：“是呀，刚从大陆过来。”我说我也刚从大陆过来，陪太太来买鱼，但我不识货，请多多指教。她很热情地指着一条白白扁扁的鱼说：“这是白鲳，在大陆很贵的，大陆有句话讲‘卖田卖地都要吃白鲳鼻’。”又指着一条脑壳像马头的鱼：“这是马头鱼，渔网捕不到，必须是海钓的，烧豆腐最搭了。”她推荐我选螃蟹，万里螃蟹是这里的品牌。我都听她的，同时问她是福建哪里人。她说是漳州的。我说你是陈水扁、吕秀莲的老乡呀！她笑了笑。我问她来多久了，她说来十几年了。我问她来台湾生活习惯不习惯。她苦笑道：“海上的人住哪里都是苦。”买好了漳州来的“大陆新娘”推荐的鱼鲜虾蟹，我欲离去，她还热情地说：“你要吃鲜的话，市场附近就有许多专门为‘吃货’加工海鲜的餐馆，花点料理费立刻就能做好。”她还热情地告诉我如果要去的话，就去 ×× 家。只要对老板说是她介绍来的，他们就会认真做的。我说我还不知道怎么称呼你呢，她说：“你就告诉她是 ×× 鱼摊的谢姐就好了。”我感激地说：“谢谢谢姐！”我拿着海鲜找到等得不耐烦的太太，又找到那家代为加工的餐馆，来了一顿百分百的海鲜餐。太太高兴地吃着螃蟹膏黄，不停地学着湖南话赞道：“好呷！好呷！”我不吃海鱼，但我还在默想那位谢姐的话：“海上的人住哪里都是苦……”

随机寻访之四："卖衣女郎"

地点：台北市迪化街夜市

"迪化"是现在乌鲁木齐的旧称。几十年前以"迪化"命名的台北市迪化街，古时是台湾少数民族居住地，后来由于水运发达，成了商贸重地，也是台湾食材、药材、布料重要集散地。迪化街白天商铺林立，晚上店铺前面的道路开放做夜市，那就更热闹了。这里是来台北的游客颇感兴趣的地方，有点韩国首尔东大门市场的味道。

一天，我收到一位大陆朋友托人带来的一包东西，让我想办法找到他那失联快四年的小侄女。他的小侄女小花今年二十来岁，几年前在广东东莞打工，经人介绍认识了一个台湾人。后来她就去了台湾，也没告诉家人住址，只留下一个电话号码。起先他们之间还有联系，但后来电话再打过去总是接不通。他现在给小侄女带来一

台北的夜市

些她最喜欢吃的家乡柴火熏制的腊鱼和自家做的剁辣椒，请我务必帮忙联系上。朋友说他侄女的父母是住在深山老林里的乡下人，交通和通讯都不方便，得不到女儿的消息非常伤心。我接到这个包裹也蛮伤脑筋，茫茫人海凭一个打不通的电话，我怎么去找这个“小花”呢？但我还是试着用我的台湾手机拨了小花的电话，真幸运，电话居然一拨就通了，是个女孩子接的。我问她是不是小花，她说是的。我喜出望外，忙把她叔叔托我找她的事告诉她，我问如何将包裹交给她。她电话里沉默了一会，才轻轻地问：“是真的吗？”我用她家乡话说：“相信我，我也是从大陆来的。”她这才要我傍晚将包裹送到迪化街夜市一个卖衣摊去。

没等天黑我就到了迪化街。这时逛夜市的游客还没出现，准备摆夜市的小贩正在忙碌着。听说在台湾夜市摆摊很有窍门，大家都想尽办法为多争一厘米宽的场地而绞尽脑汁。因为哪怕超出人行道一厘米都要被罚款，但若在空隙中多伸出一厘米，管理者就没有依据开罚单了。我到了小花说的卖衣摊，卖衣摊已摆好，挂了不少时尚服饰。摊前有一个身材高挑，穿着紧身牛仔裤的辣妹，正在低头玩手机。我想她应该是小花，但从外表上又看不出这是个从深山老林走出来的乡下女孩。我走过去用小花的家乡话轻问：“请问你是小花小姐吗？”虽然我声音很轻，辣妹受惊似地猛一抬头，满脸通红，一对丹凤眼瞪得大大的，是个美人坯子。我把包裹递给她，她望了我一会儿，迟疑地接过包裹，隔着包裹闻了闻，泪水竟流了出来，嘴里喃喃着：“是我妈妈做的……”我默默地望着她。一会儿，小花意识到有点失态，红着脸说：“谢谢。”我说：“你几年没和家里联系了，家里人很挂牵你，得空打个电话。我有空再来看你。”说完我就走了。我没回头，但我感觉她在盯着我。

几天之后，朋友来电话说小花打电话给他了，谢谢我帮他找到了小花。但小花为什么整整四年不回大陆，不与家里联系？仍是我心中的不解之谜。我好几次都想去触碰破解这个谜，但想想人家整整四年都不愿讲的秘密，肯定有许多的难言之隐，还是让人家自己保留到永远吧。

10. 飞机场遇到的“大陆新娘”的母亲

俗话说“每逢佳节倍思亲”。临近中秋，还在长沙忙碌的我，禁不住太太三番五次的催促，赶紧买了机票回台湾。

在长沙黄花机场柜台前排队等待办理登机手续时，我发现排在我身后的是个身穿粉红色短袖的年轻女生，一手拉着一个崭新的粉红色行李箱，一手紧紧拽着一位老阿嬷。

看得出来她们有点紧张不安。我判断这一老一少可能是第一次乘坐远途航班。都是出门在外的人，谁都有需要人家帮忙的时候。于是，我主动地问：“你们也是去台湾吗？”年轻女生还没回答，老阿嬷反应蛮快地用浓重的乡音回道：“嗯哪！头次出远门，嗯晓得如何走？”我一听这乡音就知道是湖南邵阳人。邵阳人说话中的“嗯”既是语气词，又有“不”的意思。邵阳古称“宝庆”，是民国初年时赫赫有名的护法军司令蔡锷的家乡。我又问她是否去台湾旅游，我对她们说：“‘嗯’要着急，我也去台湾，我帮你们带路。”老阿嬷一听可高兴了，连忙说：“那就好！那就好！”我要她们将机票、往返大陆和台湾的通行证都准备好，与我一道办理行李托运和登机手续。我还特意跟办理登机手续的航空公司柜台小姐要求，将我们三人的位置划在一排，以便我一路帮助照顾她们。

原本以为顺便帮忙应是很简单的事，但当我先经过安全检查，再回头看那原本紧跟我后面的“婆孙”二人时，却不见了人影。我有点纳闷，难道她们中途折回去了？不可能。因为过安检时，我还叮嘱她们怎样依次排队等候验证。两个人不能同时上前，下一个等候验证的要注意保持站在距柜台一米的黄线外。

湖南长沙黄花国际机场登机手续办理柜台

我在安全检查处，标明不能停留的区域外十几米远的地方四处张望。突然看到“婆孙”俩被一位安检人员陪着往外走，我第一反应：出事了？忙本能地追上去问：“怎么回事？”安检人员还蛮客气，说女生带了不能登机的“充电宝”，要到候机大厅办寄存手续。我这才松口气，就对婆婆说，你跟我在里面等孙女吧。

我想有安检人员陪送寄存东西，应该很简单，婆婆也不必跟着折腾。婆婆随我来到安检区外的休息区，我要先到免税店买伴手礼送台湾朋友，就要婆婆在旁边的休息区坐一下，留意看着孙女过来，不要走开，我一会就来接她们一起去登机口。我买好伴手礼返回，远远看见仍是婆婆独自一个人，还显得有点焦躁不安地东张西望，我看看手表，离登机时间只有半个多小时了，也奇怪女生怎么还不回来。我问婆婆：“有没有孙女的电话？”婆婆摆手：“‘嗯’有喽！走得太急了，手机丢在家里了。”

这“婆孙”二人住在离长沙机场有两三个小时车程的邵阳，出发赶班车时，急急忙忙慌成一团。再加上头一次去台湾探亲，心情激动，婆婆就连现代人出门在外必带的通讯工具都忘带了，更不知孙女的电话号码。

如果孙女还不来，“婆孙”二人就赶不上即将要起飞的飞机了。我也急了，不停地看手表。婆婆更是急得团团转，不停地嘟嘟哝哝：“‘嗯’得了！‘嗯’得了！赶不上‘嗯’得了！一个破东西，‘嗯’要了嘛！寄什么寄！”还好，正当我也不得不离开婆婆时，姑娘气喘吁吁地跑来了。婆婆狠狠地瞪了她一眼，姑娘也不解释，赶紧拉着婆婆跟在我后面一路小跑，来到登机口。

进了机舱，我才知“婆孙”二人不但是初次出远门，还是第一次坐飞机。婆婆说她可能会晕机，她说她坐车吐得很厉害。我不禁想起我妈妈，也是一个怕坐车怕坐飞机的人，因此一辈子也不敢坐飞机，也因此，一直到妈妈去世我也没能带她环游世界，成了我终身遗憾。想到这，我从包里取出随身携带的口香糖，给“婆孙”俩一人一颗，要她们在飞机起飞时嚼一嚼，可以减压，我又教她们如何系安全带。

飞机起飞刹那间，我发觉“婆孙”俩很惊恐，两人的手牵得紧紧的。飞机平飞后，平时我总是在此时找机会闭目养神，这次为了帮助缓解她们的心理压力，便与她们闲聊起来。七十多岁的婆婆说她一辈子没有进过学堂，至今仍不会写自己的名字。

孙女是一九九四年出生的。她还只有两岁大的时候，就由婆婆隔代抚养。我问为什么，婆婆说姑娘的妈妈那时与前夫离婚后就到广东打工去了，孩子就寄养在娘家。婆婆含辛茹苦地将姑娘拉扯大，抚育她上小学、上中学，一直上完大学。现在孩子长成大姑娘了，婆婆很有满足感。婆婆在叙述这些事时，姑娘冷不防插进话：“都是我妈给的钱。”

我问婆婆：“是真的吗？”婆婆尴尬地笑了：“也是的。不过孙女十一岁之前，她妈妈没给过我一分钱。”我问为什么，婆婆说孩子十一岁之前，她妈妈在外面打工，能照顾自己就不错了。我问婆婆她又靠什么将孙女拉扯到十一岁。婆婆说，她从小就是做苦力的，没有上过一天学。“大字墨墨黑，小字认不得。”半辈子是靠拉板车帮人拖货物维生。不过，虽然她大半辈子埋头拖人力板车，但她还是在公家单位做事，是交通运输公司的正式员工，还分到了福利房，现在每个月还有两千多元人民币的退休金……

我们聊着聊着，空姐推着饮料车和餐车过来了，空姐问婆婆要喝什么饮料，婆婆迟疑地望望姑娘，用土话轻轻问：“要数钱吗？”意思是要不要花钱买。我哈哈笑道：“飞机上的东西‘嗯’要钱，想呷什么都可以要。”婆婆惊讶地说：“有这么好的事？”不过，她不是那么贪心的人，不要钱的饮料也没有要，只要了一杯白开水。倒是飞机上供应的炒饭吃得干干净净，她习惯性要用衣袖抹嘴巴，孙女递给她纸巾，轻轻告诉她要懂点文明。

婆婆吃饱了，要上洗手间。我忙按了头上呼唤灯号叫来空姐，告诉空姐，这“婆孙”俩第一次坐飞机，不会使用洗手间，请务必帮忙指导她们使用。前些日子我正好看到一条八卦新闻，说一位初次坐飞机的大陆游客在空中上洗手间时，还没从马桶上起身就去按冲洗按钮，结果屁股被马桶的巨大冲刷吸力吸在马桶上了，费了好大力气才脱身。“婆孙”俩到洗手间去了半天，返回座位时，婆婆忽然向我竖起大拇指：“你真是个好人！”我还有点不明白，之前我帮她们做了那么多事，她都没竖起大拇指夸我，为何上趟洗手间，回来后变得这么感激。我想肯定出了什么状况，若不是我提前向空姐打招呼，可能“婆孙”俩就有什么事糗大了。

“婆孙”俩从洗手间返回座位后，飞机离台湾越来越近了。我们的聊天也越多地谈到婆婆的女儿、姑娘的妈妈。我问婆婆，女儿嫁到台湾几年了。婆婆扳着手指数了半天也说不清。姑娘一句话说清楚：“十五年了。”我问婆婆：“女儿嫁到台湾后，回来看你和女儿的次数多不多？”

婆婆摇摇头：“‘嗯’多，早几年冒（注：没的意思）钱回来，这几年冒功夫回来。”似乎有些抱怨，但姑娘似乎不同意外婆的话：“这几年我妈妈在台湾又生了小妹妹。我妈妈还是很爱外婆和我的，前几年帮我们买了新房，这次她又帮我们买好飞机票，接我和外婆去台湾过中秋。还帮我们办了三个月的探亲假。”我笑问姑娘：“要这么久，莫非你也要嫁到台湾吗？”姑娘满脸通红忙摇头。婆婆更是摇头：“她再不能嫁到台湾去了。听人家讲我们邵阳‘嗯’见得比台湾差！”起初我问婆婆，女儿嫁到台湾什么地方，她摇头说：“‘嗯’晓得。”还是姑娘告诉我，她妈妈住台中市，我问住在台中市什么地方，姑娘也摇头说不知道。

台中市我去过好几次。十几年前第一次去台中市时，那市容实在不敢恭维。由于台中市地处台湾中部，有人说它是台湾政治版图的分界线。台中以北是蓝营的天，台中以南是绿营的地。也有人说这里是黑白两道的集合地。畸形消费业很繁荣，什么汽车旅馆啦，夜总会啦，豪华程度堪称台湾第一。台中市的“金钱豹”夜总会更是赫赫有名。前几年国民党的原副主席胡志强当了市长，倒是蛮用心抓市政建设，以文化立市，还花重金邀请李安在台湾拍了好莱坞大片《少年派的奇幻漂流》。

几年下来，台中市才渐渐有些大都市的“规模”了，可不知为什么，二〇一四年的市长选举，胡志强居然败北，台中市政由绿营执掌了。

与“婆孙”俩闲聊间，飞机开始下降，空姐一个一个发送薄荷糖，我要婆婆多拿几颗，留给台湾的小外孙女吃。天黑了，飞机下降时可看到台北市的万家灯火。婆婆好像没什么感觉，姑娘倒有些兴奋，大概很快就要见到几年不见的妈妈和台湾的小妹妹的缘故吧！

飞机落地后，我带着婆孙俩到登记处，教她们如何办理手续，然后又一起到行李转盘取行李，然后带她们一道出海关门。刚走出海关门，从满是接客的围栏缝隙处，突然钻出一个戴眼镜的小妹妹，大概只有七八岁，欢叫着："姐姐！外婆！"扑向我身后的"婆孙"俩。

而一位将大半个身子探出围栏的中年女士，也向"婆孙"俩不停招呼，我看了一下"婆孙"俩，她们很高兴地搂着小妹妹，向招手的中年女士不停地打招呼。而我这个一路帮她们的人，此时，对她们来说似乎已无存在感了，她们已沉浸在久别重逢的老母女与小母女的亲情中了。我笑了笑，悄悄地离开了。但我要感谢她们，在这大老远从大陆来到台湾探亲的"婆孙"二人身上，我也从另一面感知到"大陆新娘"是多么不容易，其中不知有多少辛酸苦辣哪！

11. 台中市丰原区的许姐和她的姐妹们

台中市的许姐我是久闻其名，难见其人。大概是一年前，高雄的“春天姐”就夸台中有位能干的“许姐”，叮嘱我的“大陆新娘”寻访千万别少了她。“春天姐”给了我许姐的电话，但电话打过去，却似乎永远无人接听。

今年夏天，“春天姐”带一群“大陆新娘”的小孩去湖南张家界参加两岸少年夏令营。我听说许姐老家就在张家界，那些天她也会回老家。我对“春天姐”说我也去张家界吧，顺便拜访这位不接电话的许姐。

可是“春天姐”告诉我，许姐可能只会露一下脸就要离开张家界，恐怕难得见到她。中秋我回到台湾，朋友送了好些水果礼盒给我，我转送了一些给这几年认识的“大陆新娘”朋友，同时也给许姐快递了一盒过去，可是仍然没有回音。我不由得纳闷，这位许姐为何如此神秘。

过中秋的前一天，也就是九月二十六日，我去看望“中华两岸婚姻协调促进会”的黄江南会长，我又讲起了许姐。黄江南会长也对许姐是赞不绝口，他还马上热心地与许姐联络。他的电话一打过去，许姐就接电话了，这次我才终于与许姐搭上了线。我说我想去台中拜访她，行不行。她犹豫了一下，说："欢迎。"不过，她要我去之前先定下时间，这几年她几乎不停地在两岸跑来跑去，怕没有时间可以见面。我大胆提出这两天就见面，她迟疑一下答应了。许姐住在台中市的丰原区，离台北市区不远，但不通高铁，只能乘坐台铁，可是没想到第二天遇到了台风。太平洋生起的台风"杜鹃"，气象预报一直都说不会登陆台湾。哪知到了九月二十八日那天，"杜鹃"由"弱台"变成了"强台"，最后变成超级台风，还在台湾宜兰县境内登陆，刮起十七级强风。宜兰海边一座有名的海鲜餐厅的硕大屋顶也被掀掉，就连住在一百多公里外的台北，我们所住的大楼都被呜呜怪叫的超强大风刮得仿佛摇摇晃晃。我太太吓得不敢入睡，而印尼来的外佣更是惊慌失措。她来自印尼内岛，从未遇到过台风。新闻中"北北基"（注：即台北市、新北市、基隆市）三市原本宣布二十九日放半天假，可能也被深夜肆虐的超强大风吓倒，临时改放全天假。当晚我给许姐发了短信，希望延迟一天去丰原。

台湾的天气真奇怪，凌晨还呜呜怪叫着的超级台风，等台风眼离开台湾岛，上午居然就风和日丽，阳光明媚了，老百姓喜笑颜开，赚到一天台风假，可是台北市那位医生出身的市长，却又要为决策失误而道歉了。要知道仅台北市放一天假，就会造成近百亿台币的损失。这位市长很另类，他曾将嫁来台湾的几十万新娘称为"进口"了几十万女人。他因此被台湾妇女组织骂得满头包。我原本以为此趟台中丰原行会踩着烂泥巴上路，没想到会清清爽爽上路。

许群家庭与工厂照

这趟去台中丰原看许姐，我吸取上次去花莲寻访胡大姐的经验教训，做了一些功课，在网上查了丰原的地理位置以及交通线路。丰原原本是老台中县的县府所在地，前几年台中市与台中县合并，丰原成了台中市的一个区。丰原原本也不叫此名，几百年前称“葫芦墩”。由于地方富庶，风景秀丽，又是当年台湾从南到北的交通要冲和经贸中心，故有“小苏州”之称。在日本侵占时期，葫芦墩“御田”产的稻米还是“天皇贡米”。丰原不通高铁，但有台铁的“山线”（注：台湾由台北至高雄铁路分“山线”和“海线”。“山线”即沿中央山脉西边走，“海线”则沿台湾海峡海岸线而行），网上还注明“丰原站”是台铁的一等车站。我想起花莲车站也算是一等站，不禁笑了笑，真不知台湾车站的等级标准是如何界定的。我想一个矮子拼命想拔高，还是一个矮子。不过，从铁路时刻表上看，途经丰原的列车还蛮密集的，有快一点的“普悠玛”，从台北到丰原只要一个半小时。较慢一点的“自强”号要两个小时，再慢一点的“莒光”号要两个半小时，还有更慢的区间车，当然还有公共客运。

三十日那天，我没买到“普悠玛”，是坐“自强”号过去的。列车出了台北，过了新竹就开始进入山中了，列车在山中摇摇晃晃，但还是蛮准时到达丰原站。出了车厢，果然这个一等站与花莲的一等站一样简陋。我看看下车的月台要上下天桥出站，但故作无知地问月台一位义工：“有电梯吗？”义工打量一下拖着沉重行李箱的我，回答说：“有升降机。”这又不是装卸场怎么冒出升降机来？我茫然了，而且周围根本没有可安装升降机的设施。义工要我在月台旁一块铁板上站着，他手里拿着一个遥控器一按，这块铁板缓缓往下沉，逐渐与路轨平行。义工帮我拿着行李箱跨过铁轨，靠车站出站那边的月台同样有一块铁板，我站上铁板，遥控器一按又慢慢升起。真有趣，我又一次开了眼界，发达的台湾居然还用这么原始的机械帮助旅客。

出了没有几位旅客的车站,我没有看到约好在车站接我的许姐，心想难道许姐如同花莲的胡姐也迟到了？我站在车站的台阶上盯着出站口给许姐打电话。电话通了，许姐在电话里说 ：“我看到你了，在你后面。”我转身往后看，一个个头高大的辣妈在我身后不远处的一辆车里下来向我招手，我忙走过去。终于见到许姐真面目了。许姐要我快上车,天气太热,太阳光也很灼眼。这是辆黑色“富豪”，大陆叫“沃尔沃”。上了车，她告诉我开车的是她先生，让我不要急着去酒店，先到她家坐坐。一接触我就感觉到又遇上了一个爽快实在的“大陆新娘”。但我不明白，为什么之前打那么多通电话她都不接，难道认为我这电话是诈骗电话？也是的，大陆的诈骗电话就够多了，而其祖师爷大多来自台湾。

许姐家离车站很近，住的是台湾小城镇常见的三层楼透天厝，跟花莲胡姐家的房屋差不多。而我在高雄凤山见到的一位做保险的“大陆新娘”的家，也是这种三层透天厝房屋。仿佛是台湾城建规划部门统一发的图纸，房子都很漂亮，都很实用。我暗想有机会能在大陆小城镇买地自盖房屋的话，我也要讨一张这样的设计图回去仿建。

许姐家的客厅很大，有张很大的茶几。许姐的先生姓王，家族企业是做食品加工机械的。他停好车，进门就拿出上好的台湾高山茶泡给我喝。王先生一边泡茶一边说，他们企业以前在大陆有发展，可是台湾“太阳花运动”反服贸后，台湾的中小企业与大陆的交流就难多了，现在只能是维持经营。我与王先生聊了没多久，工厂有事找他。许姐接着泡茶。我喝着香醇的台湾茶，与落落大方的许姐聊开了。

许姐本名叫许群，其实很年轻，对我来讲要叫她小妹。她二十五岁那年嫁来台湾，至今十几年了。孩子上初中三年级，明年要考高中了。

许姐是湖南张家界人，而我对张家界并不生疏，于是就问她是张家界哪个县的，她说是慈利县的。我一听眼睛都发亮了。我从二十世纪八十年代开始就常去张家界，那时的张家界仅仅是原始的荒山野岭。大山分属三个县，一个叫大庸县，一个叫桑植县，一个叫慈利县。前两个县属湖南湘西土家族苗族自治州管辖，慈利县则属湖南常德市管辖。张家界的出名得益于著名画家吴冠中老先生。当年他去张家界写生，惊叹人间再也找不到如此奇山，他极力向国家和湖南省推荐，一定要将张家界开发成国际级旅游风景区。不久，张家界景区的开发纳入湖南省政府的大湘西开发战略规划，国家批准将大庸、桑植、慈利三县合并成省辖市张家界市。接着张家界申请列入世界自然遗产目录成功，申请世界地质公园成功，二十几年下来，逐步发展成为了国际旅游知名景区，甚至好莱坞大片《阿凡达》也来此取景。张家界的美景在位于大庸的那十里画廊的迷人的奇峰清涧，位于桑植的天子山的神秘奇境，位于慈利索溪峪的晨雾暮霭。早年的张家界可没有今日这么发达的交通。现在它既有国际机场，也有南来北往的火车，还有四通八达的高速公路。当地还有多家豪华五星级大酒店供游客居住。早年从湖南省会长沙去张家界，最近、最快的路线是经过益阳市、常德市，穿过慈利县旧城的线路。清早出发，一路顺利也要傍晚才能到达慈利的索溪峪。不过，走这条线路的人并不多，因为车过慈利县走的全是崎岖的山道，路上险象环生。一边是深邃的澧水，一边是悬崖峭壁。窄窄的盘山公路不时还要与迎面而来的，开得莽撞的运木头货车会车。用许姐先生的话说，当年他第一次随许姐回娘家，车过慈利，一路上都可见东倒西歪摔在路旁和山下的损毁车辆。不过，我每次都喜欢走这条路，只是再三叮嘱司机开慢点开稳点。因为一路可以欣赏在张家界风景区里见不到的美丽风光。许姐的老家就在山路深处的慈利县许家坊土家族自治乡。许姐也是土家族人。不过，现在许姐已在张家界市区买了新房，已把住在深山老林里的父母接到市里颐养天年去了。我开玩笑地对许姐说："你们老家才是颐养天年的好地方，好山好水好空气，还有满山遍野的有机食材和野养的土鸡鲜鱼，要是我，干脆好好改造老家居住环境，生活更健康、更舒适。"

聊到这里，我有些不解地问："你们夫妇原本一个在偏远的山乡，一个在隔海的台湾，怎么会走到一起的？"

"缘分，我们俩是缘分。"抱着一个两三岁小孩的王先生正好进门回来，就接上了我的发问。而王先生怀抱的小孩冲着许姐直喊"阿嬷抱抱"。我疑惑地看看幼儿，又望望许姐，许姐怎么也不像是当奶奶的年纪。王先生看出我的疑惑，将小孩交给许姐，坐下来接着泡茶。他说二十多年前他第一次去大陆东莞考察商机，闲逛中邂逅了在那里开湘绣铺的许姐，当时许姐只有十几岁。之后他就再没有去过东莞了，当然也就再也没有见过许姐。但没想到多年之后，王先生的前妻患病过世，撇下两儿一女，大的正上初中，小的还在上幼儿园。面对突然陷入巨大变故的家庭，王先生鬼使神差地又去了东莞，那时许姐二十五岁，王先生比许姐大二十岁。万万没想到的是，他在东莞居然又遇到了许群。她还是那么青春美丽，活泼可爱。许群对他丧妻之后的家庭境况很同情，同时也接受了他的苦苦追求，嫁来台湾。

我望望一旁逗小孙子玩的许姐，用眼神询问："是这样吗？"许姐轻轻笑了笑："是呀，我来到台湾就当上了全职太太，帮他带大了三个儿女。现在他们都长大了，你看他老大的儿子都两三岁了，我也就成了阿嬷了！"

王先生还是很真情地夸许姐如何能干、如何顾家，还指着墙上挂着的一张奖状，自豪地说："我们还是全台湾的楷模家庭哩！那张楷模家庭奖状还是马英九亲自颁发的呢！"

说话间到吃晚饭的时候了，许姐夫妇原准备请我去吃湖南菜。她告诉我，一位湖南姐妹在丰原开了家湖南餐馆，味道很正宗。可是电话打过去，因为刮台风，餐馆电路断了，没有营业。于是许姐带我到她家附近的"天天来海鲜餐馆"吃饭。

吃饭的时候，许姐与王先生生的儿子也来了，是个很帅、很乖的瘦高个小男生，他很懂礼貌地与我打招呼，与王先生的孙子也很亲热。儿子今年上初中三年级，明年就要考高中了。吃完饭，儿子要补课，许姐一家送我到他们已帮我预订好的一家酒店住下。约好第二天中午十一点，许姐接我去湖南老乡开的餐馆聚餐。

第二天上午十点多钟，许姐就到酒店来接我了。先带我去参观她家的工厂，同她一道来的不是王先生，而是从台中市专门开车过来的贵州籍“大陆新娘”，开辆新的“奥迪”。

许姐家的工厂在丰原工业园区，厂房约有几百坪，在台湾作为一个家族式的小企业，厂房算很大了。这是家专门制造小食品加工机器的工厂。厂区很漂亮，车间很干净，据说台湾本土制造业就是靠这样一大批中小企业发展起来的。用台湾人的话说，这是“蚂蚁雄兵”。许姐也是我寻访“大陆新娘”来，第一位接触到的有自己工厂的“大陆新娘”。

参观完工厂，许姐的贵州姐妹载我们去聚餐的湖南餐馆。女孩子开车向来缺乏方向感，原本很近的路，绕了好几圈才到。这时已经过了十一点钟，不过在贵州姑娘开车过程中，我也知道贵州姑娘嫁来台湾之前，在家是宝贝独生女，父亲是贵州安顺一个监狱的官员，后来她在苏州一家台资企业打工，结识了管理他们的“台干”(注：台湾在大陆所设工厂的管理人员，俗称“台干”)。结婚后，夫妇俩

许群与她的姐妹

一块回到台湾，在台中老家组建了自己的贸易公司，专门做两岸的贸易生意，还蛮有成就。原来开的车是“福特”，现在换成“奥迪”了。

我们来到餐馆，许姐的姐妹们都已在餐厅门口等候她的到来，一见到她，发出一片“许姐”的呼声，看来这位张家界的土家族姐姐，人气还蛮旺的。餐厅老板娘也是“大陆新娘”，来自湖南洞庭湖畔的南县。餐厅的招牌很豪气，就是三个字，“湖南味”。餐厅靠大马路边，是原来的厂房改建的，面积很大。我们坐进里面的大包厢，一张大圆桌可坐一二十个人。人一到菜就上了，原来这些姐妹有的还在上班，是趁午餐时间赶来聚会的。桌上全是香喷喷的湖南菜，剁椒鱼头、梅干菜扣肉、麻婆豆腐、老家腐乳等满满一大桌。大家都不喝酒，便以茶代酒，我举杯感谢的话还没出口，姑娘们齐声道：“国庆快乐！”噢，我突然想起，今天是十月一日。见姐妹们没忘记生她们养她们的地方，我很是激动。

这顿饭最令人感动的是，细心的老板娘在最后还端出她亲手煮的一大盆“国庆生日面”，正宗的湖南口味，生日面一上桌，瞬间就被声称要节食的美女们一抢而空。

餐桌上，大家吃得很开心，聊得也很开心，我数了数一共来了十四位“大陆新娘”，湖南人最多，还有河南信阳的、广西北海的、贵州安顺的、江西南昌的，个个都是辣妈级，个个都挺活跃、挺幽默。其中一个“大陆新娘”说，她在大学只上了一个学期就嫁来台湾，于是，我好奇地问在座的姐妹大学没毕业的有几个，大家刷的都举起了手。我诧异极了：“你们都上过了大学？”辣妈们笑成一团：“你说大学没毕业的举手，我们当然举手，我们大学门都没进去过，怎

许群与作者及她的姐妹聚餐照

能毕业？”原来调皮的辣妈们给我来了一个脑筋急转弯，我也不好意思地傻笑起来。我问她们是怎么嫁过来的，几乎众口一词自豪地回答：“我们都是自由恋爱来的。”我问她们是不是当全职太太，她们连忙摇手说：“我们都有职业，决不靠老公。”几个湖南妹子，在台湾较有名气的几个房屋中介公司上班，贵州妹子自己开公司，许姐虽然是工厂老板娘，现在也还有自己新的生意，河南姑娘从事养生疗养护理工作。餐厅老板娘没嫁来之前就在深圳沙井开小餐馆，有一手正宗的湘菜厨艺。她老公原本是开修理机车行的，由于老婆会经营餐饮业，索性关了机车行，将厂房改建成餐馆，生意非常红火。我又开玩笑地问她们：“台湾四年一次的大选又要进行了，你们投蓝营的票，还是投绿营的票？”哪知她们的回答令我感叹不已。她们说：“两岸一家亲，牵手求和平。谁能保证两岸和平，我们就投谁的票。”

当我们的聚餐快结束的时候，又来了一位大姐，大家起哄道：“葡萄姐姐迟到了，要罚！”只见被叫作“葡萄姐姐”的辣妈，大大方方地将手里提着的塑料袋往桌上一放:“就知道你们要罚我,来,请你们吃百香果!”听口音她也是湖南人,有湖南人的那股劲。我从没吃过百香果,可大家都非常喜欢吃,你一个我一个一下就拿完了。百香果外形有点像无花果,用小刀挑开外壳,里面满是像蟹黄一样的果肉,酸酸甜甜。这是台湾本地人,尤其是女人们最爱的餐后水果。

聚餐结束了,大部分人还要去上班,我想与迟到的“葡萄姐姐”聊一聊。她说一句两句聊不完,让我干脆到她家那里去看看。“葡萄姐姐”家不在丰原区,而在毗邻的后里区。我说怎么去,她说有车。我告别许姐和她的姐妹,坐上“葡萄姐姐”的车离开丰原去后里了。

12. 台中市后里区摩天轮下的“葡萄姐姐”

“葡萄姐姐”开辆银色面包车，但后排座位通通拆下来了。用她的话说，这是改装成客货两用车。我笑问她：“这是不是葡萄熟了的时候，改装成卖葡萄的车？”

她笑道：“哪里啦，我不是卖葡萄的，我是种葡萄的，我种的葡萄只能酿酒不能当水果吃。”我继续开玩笑说：“噢，你不是葡萄姐姐，你是葡萄酒姐姐！”她也笑道：“没有啦，我酿的是葡萄露，自家喝，要么就是供些给熟人朋友办喜事摆喜宴用啦！”

我来丰原之前，就在网上搜索了关于台中县的农产品资讯，看有没有什么名特产，顺便带点回台北去。日本侵占时期，丰原和后里这些地方，主要出产稻米输往日本，后来研发出台湾著名的巨峰葡萄，大大的、黑黑的、甜甜的，果汁特别多特别浓。

坐在“葡萄姐姐”的车上，我自然要问她是如何嫁到台湾来的。这个话题可把“葡萄姐姐”的话匣子打开了。

“葡萄姐姐”是湖南人，老家本是湖南中部丘陵地区的双峰县。与清代创立湘军的曾国藩是“老乡”。但她是在洞庭湖边和长江边长大的。她很小的时候，父亲在长江中游的一个港口工作，退休后，全家才从水乡搬回湖南中部的老家居住。那里的地形地貌有点像她现在居住的台中市后里区。那时她已二十出头，依家乡的风俗，她这个年纪已是剩女了，父母急着要把女儿嫁出去，那时老家的县城正大搞开发，来了不少台商。他们家一个邻居的女儿在那时嫁给了台商，她的父母托邻居的女儿，也帮自己的女儿找一个台湾人嫁出去。那个邻居的女儿，就将葡萄姐姐介绍给了她老公的一个堂弟。那时“葡萄姐姐”二十五岁，邻居女儿老公的堂弟三十岁，两人都是初婚，一拍即合。“葡萄姐姐”就到了老台中县的后里乡。老公的父母已经过世，家里只有兄弟二人。但老公的父母给兄弟二人各留下几分田地，不过老公并不以务农为业，还在一家工厂做电焊工。这样田地的活就顾不过来，几近荒芜。“葡萄姐姐”嫁来后里之后，田地的活就由她干了。

她自豪地说，来台湾十几年了，除了生了两个漂亮女儿，就是学会了种台湾葡萄，学会了酿台湾葡萄酒。不过，当她说到酿葡萄酒的时候，声音就放低了，显得有些谨慎。她说后里是台湾葡萄产地，家家都会酿葡萄酒也是很正常的事。过去多少年，后里乡的百姓酿酒，就像她的湖南老家一样，家家都会酿米酒、谷酒。除了自用之外，多的也会卖一点。后来台湾实行酒业专营制，没有酒业牌照的人做的酒就不能买卖了。普通老百姓酿的酒因此不能进入市场，一些无牌照的酿酒人也被断了生路。而要拿到酿酒牌照的门槛很高。商家要求有现代化的大型酿酒设备，有像样的化验室，还要通过当局食品安全部门的检验，才能走上市场。可是这么一来，这个地方原有的葡萄酒风味也就没有了。工厂做出的酒卖不出去，老百姓做的酒又不能上市。

要知道，这里的老百姓只喜欢喝用古法酿制的葡萄酒呀！怎么办？于是只能酿私酒，贩私酒。但毕竟私下买卖风险太大，有的农户就不种葡萄不酿酒了。后里的特色葡萄酒，眼看就要消失了。但有经济头脑的“葡萄姐姐”心想：人家不种，我种，人家不酿，我酿，正好可以填补稀缺的传统市场。也不至眼睁睁看着酿酒古法失传。于是她采用了“上有政策，下有对策”的方法，打政策擦边球，在葡萄酒瓶上贴上“葡萄露”“纯葡萄汁”等字样，走热炒店、小餐厅市场，还有台湾乡下做红白喜事时的流水席。她现在开的“客货车”就是送货用的。不过我不相信买卖私酒就这么简单，肯定其中还有什么奇妙的诀窍，我曾在《国家地理》频道上看过关于美国反酿私酒时期，酿私酒的人与政府官员斗智斗勇的真实故事。但“葡萄姐姐”对此就是不谈，我也就不能太好奇了。再说“葡萄姐姐”开的车从大道弯进了乡间小道，也怕影响她开车的注意力，我就闭嘴不再问她更多的问题了。

台湾的乡间小路虽然路径弯曲，但很平坦，两旁的农田也收拾得干干净净，有点像日本的农村，耕种已到了精致化的程度。我在花莲富源的乡间就有这样的感受。当然“锄禾日当午”的农耕工作也是蛮辛苦的，我不由得多看了几眼身旁开车的“葡萄姐姐”。她才四十来岁，但皮肤晒得黝黑，与丰原“湖南味”餐厅那终日待在室内，不受风吹日晒之苦，年纪差不了多少的老板娘相比，就显得很老气了。人家那细皮嫩肉、白白净净的脸蛋，还像青春美少女呢。

“葡萄姐姐”的“客货车”在乡间小路上开了好一阵子，我问离她家还有多远，她抬手指指前面一片小树林说：“那里就是我们村。”语气很自豪。然而车到近前，我差点惊讶地叫起来。天哪！这哪是树林，这只是一棵巨大的樟树。多年繁衍生成的密密的枝枝蔓蔓，使得远看就像片树林。我不禁联想到广东新会那闻名世界的“小鸟天堂”。一棵生在小河沟中的大榕树，经过数百年的繁衍，竟然成了一片广阔的榕树林，并形成了一个榕树小岛，吸引了众多鸟类居住。这棵大樟树长在村头小土坡上，村里绕着树干建了座小庙，上面写着“千年樟树公神庙”。大树底下还搭了座小小的布袋戏台，不少老人、小孩坐在树下石凳上，津津有味地观看正在演出的布袋戏“八仙飘海”。“葡萄姐姐”停住车，问我下不下来看看，我当然乐意。“葡萄姐姐”介绍说，这里已成了后里的福地，节假日时不少台北、台中的游客，还专程开车来这里观光游览。村里在这里建了一个小市场，她也租了几个摊位做些小买卖。她带我去看她的小摊位。我发现她的小摊位虽然拉下了铁卷门，但只拉下大半，并未上锁。我不禁担心地问：“你不锁门？”她摇摇头：“不用担心，这里的乡民好得很，夜不闭户，路不拾遗。”

进了她的小摊位，她从柜台后面搬出一个装葡萄汁的巨大玻璃瓶，用一个小杯子倒了半杯红通通的葡萄汁递给我：“请尝尝我家的‘葡萄露’。”我稍稍抿了一小口，大声说：“这不是葡萄酒吗？”“嘘！”她做个手势要我不要太大声。原来这里的人就是用“葡萄露”做幌子卖私酿的葡萄酒。这“葡萄露”还真好喝，略带甜味，非常顺口，甜度有点像我老家的糯米甜酒，葡萄味蛮浓的。这又使我想起几十年前我在吉林长春电影制片厂写电影剧本时，人家送我的通化葡萄酒。吉林通化葡萄酒厂是日本侵占东北时建造的。我想“葡萄姐姐”的酿酒方子大概与之一脉相承，都是日本侵占时期的产物。我当即要买两瓶“葡萄露”带回台北送人。可“葡萄姐姐”怎么也不肯收我的钱。喝了“葡萄露”，看了千年樟树公，下一步自然是去参观“葡萄姐姐”的葡萄园了。

“葡萄姐姐”告诉我，她家的葡萄园就在村子后头的一座山上，旁边有一个带巨大摩天轮的游乐园。据说那里原准备与美国好莱坞的华纳公司合建亚洲最大规模的影视基地，后来不知为什么，美国老板突然撤资了，台湾的合伙人只好将它改造成主题游乐园。“葡萄姐姐”家的葡萄园就在摩天轮下的马路旁，但此时已过了葡萄成熟的季节，只剩下爬满葡萄藤的葡萄架了。

“葡萄姐姐”告诉我，她不光种葡萄还种百香果，离葡萄园不远就是她家的百香果园。前几天刮台风的缘故，果园损失很大，地

“葡萄姐姐”的家园

上落满被大风刮落的百香果，“葡萄姐姐”心疼地捡起落果看看，又无奈地丢到土里。她说本来再过几天就可以采收果实了，哪晓得差一天就少了一大半。现在只能指望还在架上生长的果实更饱满，卖相更好看，能卖个好价钱，减少一点损失了。

看了“葡萄姐姐”的果园，她又热情地带我去她家参观。她家在村子的后半段。村子顺着山坡而建，村里可通车。“葡萄姐姐”将“客货车”一直开到家门口。村子建设规划很好，水电路都具有日本乡村的风格。

她家也是栋连排的三层透天厝，旁边是她老公弟弟的家。此时两家都没有人，“葡萄姐姐”的老公也到附近工厂上班了。我看“葡萄姐姐”将车停在门前空地，不开进车库，问她为什么。她神秘地笑笑，按了门边一个电钮，车库铁卷门缓缓升起，好家伙，偌大的车库里居然摆放着三个近一层楼高的不锈钢酿酒蒸馏器。她压低声音说：“今天姐妹聚会之所以迟到，就是因为昨晚酿了一整晚的‘葡

“葡萄姐姐”的家园和千年樟树公神庙

萄露'，早上想眯一下，结果睡过了头。"

我要离开"葡萄姐姐"的村子了，"葡萄姐姐"帮我叫了一辆计程车，她抱歉地说不能送我去台中了，趁天没黑，她要去接正在上初中的小女儿。还要与下午五点下班的老公一起到百香果园，收拾台风过后的残局。真是个勤劳能干的"葡萄姐姐"。我正要上计程车，她突然叫住我，要我看看她手机里与两个宝贝女儿的自拍，很漂亮、很酷。遗憾的是我没有拍下来，放在这本书里面，让更多的朋友看到。

13. 大巴山来的“小女霸王”

“小女霸王”，这是我对来台十几年的“大陆新娘”何鹰鹭开的玩笑话。我与何鹰鹭见面，是在台北市仁爱路的“台湾国际运动总会”曾会长办公室。

那天，她穿件左边饰有国民党党徽，右边绣着何鹰鹭大名的蓝色间黄的背心，看样子就很张扬。她个子不高，说话像打机关枪。虽然与我是初次见面，却一点也不显生怯。

我只问她是哪里人，她就噼里啪啦回答了一大串。姑娘来自湖北鹤峰县，也是土家族姑娘。现在担任台湾“中华文艺交流协会”理事长、台湾“大陆新娘同济会”主席。我看着曾会长办公室人多事多，担心影响曾会长的工作，便请她去西门町喝咖啡。她说她是骑机车来的。曾会长建议我们就到她办公楼附近的那家“夏之夜”小咖啡馆去喝咖啡。那里虽然没有我常去的西门町红楼的“门卡迪”咖啡馆高雅清静，但也不会妨碍聊天。

在“夏之夜”咖啡馆，我叫了杯锡兰红茶，何鹰鹭叫了卡布奇诺。谈话就从何鹰鹭的名字开始。我笑问：“你一个女孩子怎么又是雄

身着土家族服饰的何鹰鹭

鹰的鹰，又是苍鹭的鹭，都是凶猛大鸟。为什么不用樱花的樱，雨露的露？”她说生下来时也许不叫这个名字，她是崇山峻岭的大巴山养育出来的野姑娘，从小就天不怕地不怕，还会惹事生非。也许是这个原因，她那位在当地当法院副院长的父亲大人，就替她起了这么个名字。我问她惹什么事生什么非，她说自己十几岁的时候就跑客运车，一次在车上碰上一个调戏她的男生，她二话不说，拿出大巴山土家族人常佩带的砍刀，一刀砍下去，那男生脑袋缝了十二针。男生仗着表哥是县里的公安局副局长，一贯狐假虎威、仗势欺人，吃了大亏的男生向表哥哭诉，要表哥帮他报仇。表哥问他招惹了谁，男生说是一个叫何鹰鹭的妹子。表哥告诉他惹错人了，这女子可是有名的惹不得，她父亲就是法院副院长。这男生说为了治伤已花了好几千块钱，一定要她赔偿医疗费，还要道个歉。男生表哥找到何鹰鹭，何鹰鹭当然认识与父亲也算同事的公安局副局长，她嘴蛮甜地叫男生表哥“叔叔”，说：“叔叔，我赔钱可以，但道歉的是他。不过，你要你表弟过来，让我再砍一刀，我多赔点钱，免得他日后惹事生非，害人害己。”这公安局的“叔叔局长”听了哭笑不得。反过来训诫表弟：“有家有室的人，还这样不守规矩，法律不会护着你的！”听何鹰鹭讲完这段故事，我哈哈大笑道：“你真是一个女霸王！”

她说她的小霸王基因不是来自当官的父亲，而是母亲。母亲争强好胜，嘴巴厉害，在当地有“铁嘴”之称。她父亲性格内敛，有时被她母亲指着鼻子骂半天，也不回一句嘴。我问她母亲是不是乡下女人，我知道大山里长大的女人一般比较强悍，而土家族女人有母系社会的遗风。她笑道：“我母亲是城里人，还是学校里的会计。”我追问道：“那你父亲还能与你母亲相处？”她不吭声了，垂下眼皮，沉默了一下，叹口气，低声说：“我还只有八个月大，我妈就与我爸离婚了。我是我爸一把屎一把尿拉扯大的。”我问：“你爸没再结婚？”她说她父亲非常疼爱她，一直将她拉扯大，直到她上了大学，有了工作，自己身体不太好了才结婚。可是继母身体更差，这几年都瘫痪在床，全靠她父亲照顾。她说她父亲真可怜，一辈子只照顾两个女人。我问：“哪两个女人？”她说：“一个是我，一个是继母。”我听了也有点伤感。

不过，聊到她在老家的青春岁月，她还是蛮怀念的。她从小就能歌善舞，后来又在当地一家戏曲学校学表演，主修京剧。毕业后回老家的县剧团当演员。也许山里姑娘早熟，还是在学校读书的时候，她就认识了在学校附近一家日资电梯企业上班的几个台湾朋友。这些朋友又介绍她认识了在台湾新竹工业园区工作的一个工程师，于是她就嫁来台湾。两人生了一个女儿，现在已经十五岁了，读初中三年级。我说起台中市丰原区也是土家族妹子的许群，曾获得全台湾楷模家庭的褒奖。我笑问她应该也是楷模家庭吧。她哈哈笑了：“本来我也评上了，不过，获奖前几个月，我把老公‘开除’了，楷模奖也就泡汤了。”我以为她是开玩笑的，她说就是与老公离婚了。我讶异地追问："为什么？"她说都是婆婆害的。她说她老公是个很不错的人，她打开手上的平板电脑，让我看她的全家福合影。她老公胖乎乎的，一副和善的样子，而漂亮的女儿眼神里却有着与年龄不相称的成熟与深沉。她与老公是协议和平离婚。老公每月按时给她母女俩好几万台币的抚养费，在新北市中和区还有一套房子。她说她老公什么都好，就是太"妈宝"（注：台湾人称什么都听妈妈话的孩子为"妈宝"）。几十岁的人了，还是深信父母的话。他父母老是担心自己的独生子娶个"大陆新娘"，会将他的钱骗光。开始老公也不相信母亲的话，但有一次，母亲自己将油泼洒在地上，故意滑倒，指责是媳妇干的。孝顺的儿子听了很生气，两人大吵一场。心里容不得半点污蔑的她就提出离婚，老公也就同意了。过了一段时间，老公发现确实是妈妈自己做的局后想复婚，但她坚持覆水难收，离婚已成定局。不过，尽管离了婚，老公还是对她们母女呵护有加。

听何鹰鹭讲完这些家里事，我感觉"大陆新娘"来到台湾，不但有被所在社会认同的问题，还有在不同社会制度下生活的人，所生成的观念和认识难保一致的问题。唉，家家都有一本难念的经。正如台中丰原的许群说的，凡事有一好，没有二好。全看自己如何去平衡。

从聊天中我感觉何鹰鹭对家事并不太在意，她似乎对社会活动更有兴趣。她说离了婚，没有牵挂，这些日子台湾要进行"选举"，忙着挺"柱柱姐"。她还拿出她们姐妹草拟的"挺柱"企划书给我看，我笑着推开。我说我对这些一点兴趣都没有，我只对你们的文化艺术感兴趣。她说那好，请你去看看我们舞蹈团的排练。我问她与YOYO的艺术团是不是一样的，她说过几天她们要排练《梅花颂》，欢迎我去指导，看看就知到了。遗憾的是，我至今也没能去观摩。

何鹰鹭（左三）和姐妹

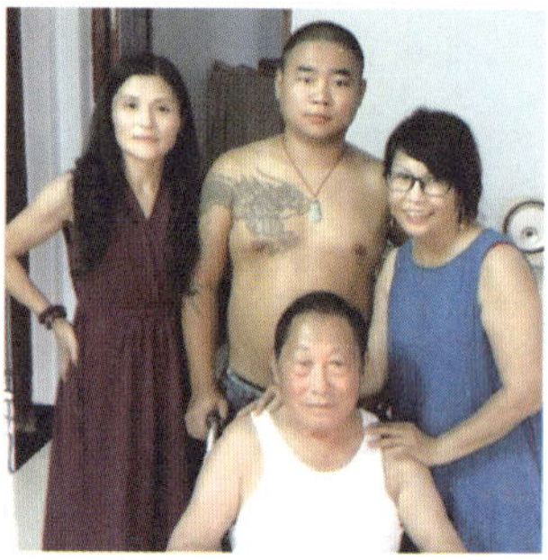

何鹰鹭姐妹与父亲

何鹰鹭与艺术团演员

14. 台东县池上镇烧饼店墙柱上的“感恩铭”

我发现台东池上一家烧饼铺墙柱上撰写的“感恩铭”，纯属偶然。那是几年前的事，那时我根本没有想到今日会要写一本有关“大陆新娘”的书，也就没有按下手机上的照相按钮，留下这今天看来很有价值的“大陆新娘”写的“感恩铭”。

几年过去了，不知那“感恩铭”还在不在。

在台湾，提到池上这个地方，人们首先想到的是池上便当。池上便当出名自然是因为池上产优质米。池上位于台湾台东县与花莲县交界的花东纵谷。日本侵占台湾时期，为了将台湾日本化，便将日本一些地区的农户，举家移民到台湾的花东纵谷。勤奋的日本农民在这片尚未开发的土地上进行艰难的耕作，培育了一些优质稻谷品种，尤其是池上这一带，还出现了所谓“天皇米”，也就是专供日本皇家食用的稻米。而池上便当则是由于那时花东纵谷通了铁路，在池上火车站做工的本地人，将池上米饭制成简单的饭团，卖给南来北往的旅客，后来慢慢发展成用木片制作饭盒，做成装有菜肴配白饭的便当，在火车站出售。由于菜好饭香价格实惠，逐步成为旅客旅途劳顿时的果腹之爱。同时也随着旅客的口碑宣传，池上铁路便当也成了台湾铁路便当的招牌，逐步成为台湾便当饮食文化的代表之一。如今大台北地区几乎随处可见“池上便当”连锁店。但这已是市场化的便当了，都市里的池上便当究竟还有几分池上卖的便当的真味呢？作为台湾便当爱好者，我一直很想去实地品尝一下，但由于进出台东的交通不方便，也就迟迟未能成行。前几年的一个夏天，大陆几位老朋友想要去花东纵谷进行深度自由行，请我帮他们提供最佳旅游方案。我不能空口说白话，便决定自己先到从未去过的台东走走看看。

那次我约了高雄一位朋友同行，没买到直接到台东的“自强”号车票。我们从高雄先坐区间车到屏东，再从屏东坐台铁到台东市。次日租了辆车自驾游，先走台东东海线公路去游八仙洞、成功渔港，吃东河包子。天黑的时候，住在一家紧贴着海边，全由红桧木原木搭建的休闲度假村。早上三点多钟起来看太平洋日出。当红彤彤的太阳从海平线上跃出，犹如金龙腾飞。一位台北来的摄影爱好者直说我们运气好，当天来当天就看到日出，他都已经蹲守三天了，每天都是海雾茫茫，托我们的福，终于拍到了壮观的海上日出。

吃过早餐我们开车继续往东走，在快到一处叫“水往上流”的地方时，我们拐上玉长公路，就是台东县长滨乡与花莲县的玉里乡连接的公路。这是一条横贯海岸山脉的曲折山路。其间要穿过长长的玉长隧道，下了山，接上花东纵谷公路。这样再回转到台东去搭乘回高雄的火车。池上镇是我们回台东必经之地。还没到池上，我就很兴奋了。正是稻花香的时节，花东纵谷公路仿佛漂浮在金色的田野上。一到池上我们就开始寻找向往已久的正宗古早味池上便当。池上镇不大，路上游客不多。我们看到一家号称正宗池上便当的店铺，便兴冲冲地进去。不过，有点扫兴，池上的池上便当，口味不及池上铁路车站卖的。不过我还是在店铺里买了几袋池上米带回台北。吃完便当，朋友驾车到加油站加油，我想抽烟，便离开加油站，在附近边抽烟边走走看看。夏日的花东纵谷天气变化很大，我下车时还艳阳高照，突然间暴风骤雨袭来，我赶紧跑到旁边一间卖烧饼油条的店铺躲雨。店铺还蛮大的，对于只卖烧饼油条这等小吃的餐饮从业者来说，这么大的场地应算有点奢华。我不好意思不吃东西干坐在人家店铺里，就看了看挂在墙上的餐牌，上面居然写着正宗山东手工烧饼、煎饼、韭菜盒子、手工大白菜鲜肉水饺，与池上米完全搭不上边。一个大姐带着一个小女生就在收银柜台旁现包水饺。我刚吃了便当，吃不下水饺，心想就买几张现做的煎饼带给正在加油的朋友尝尝好了，便点了几张煎饼。现包现做要等十几分钟，在等待的时候突来的雨也停了。我出去抽烟。刚点上烟，不经意间发现门前骑楼粗大的水泥柱子上嵌着一块大约两张 A4 纸大小的白水泥板，上面用红漆写着“感恩铭”三个大字。我好奇地凑近观看。这“感恩铭”大概写了有一些年头了。字写得不好，但用了心，字迹已斑驳，但仍依稀可辨。大致意思是，烧饼店铺老板非池上人，老家在山东，初到池上时家里很穷，十几年前与从山东嫁来台湾的妻子披星戴月，含辛茹苦，推着一辆破旧的小平板车风里雨里，游走池上四乡，贩卖烧饼油条，多亏邻里乡亲厚爱帮忙，终于生意有成，有了自己的房子，有了自己的店铺，感恩大家，立志铭谢云云……

看了“感恩铭”，我再打量这间店铺，觉得老板也真的不容易。偌大一栋的房子要靠卖一个个的烧饼、一张张的煎饼、一根根的油条，凭这样的小本生意赚钱完成，真的不知要流多少血和汗啊！但知恩并懂得感恩也是难能可贵的，不愧是孔夫子的老乡。

我再进店铺问煎饼好了没有，那个还在包水饺的大姐回答：“快好了，请稍等等。”我趁机多问几句：“你是老板娘？”她点点头。我问门前柱子上的“感恩铭”是不是她写的。她有点不好意思地点点头。我又问：“你是从大陆嫁过来的？”她还是点点头。我问她嫁来台湾多少年了，她说十多年了。我问她怎么来的，她说当年老公同他的父亲回山东老家探亲，看中了她，于是就嫁过来了。我问她生了几个孩子。她指指身边一道包饺子的小女生：“两个，这是小女儿，儿子在里面帮你做煎饼。”我看看小女生也就十一二岁，便赞扬小女生：“喏，好乖，这么大就知道帮妈妈了。”小女生脸红了。我问她读书没有，她说读初中一年级。我问老板娘，我能进厨房看看在做煎饼的儿子吗，她大方地说：“你去呀！”进到厨房，里面也很大，是一位瘦瘦的大男生帮我做煎饼，我问男生几岁了，男生害羞地低头回答说十五岁。我有点惊讶地打量着小男生，这年纪在大都市可是“妈宝”哪！而他却能帮妈妈做生意了。我问他上学没有，他说读初中三年级了。我说：“你们每天都帮妈妈？”大男生说：“今天学校放假就帮妈妈。”我问：“爸爸呢？”他说爸爸身体不好，在休息。我说你妈妈很能干，男生认真地点点头。煎饼做好了，我拿着包好的煎饼离开店铺，还特意回头看了一眼“感恩铭”。但就是没想到将它拍下来，要留到现在可是很好的历史记录哪！不过，我虽然没有留下它的照片，但这篇虽无文采，感情直白，甚至有错别字的“感恩铭”，却深深印在了我的心底，就像古文名篇《陋室铭》的名句“山不在高，有仙则名。水不在深，有龙则灵”，在我心底一样深。所以几年之后，我还能记起来，也还记得那带着孩子卖烧饼油条的山东来的“大陆新娘”。

台北池上便当连锁店

15. 台南有位卖普洱茶的云南傣家美女

今日有人若说要到台湾去卖大陆茶，是否有点班门弄斧？或曰找错市场？是的，台湾茶无论包装、行销、色相、口感都可以说“一级棒”，我这个老茶客就是台湾茶的忠实爱好者。

不过，溯本追源，台湾茶原本来自大陆，我读过一本台湾《茶经》，说茶是福建人或由泉州安溪或由南平武夷山引来茶种，先在台北坪林一带种植，再到南投的梨山，再到嘉义的阿里山，经现代科技种植、采集、加工，才有了乌龙、有了冻顶。

而后随着两岸经贸交流，“天”字打头的台湾茶庄，什么“天仁”“天茗”“天方”几乎遍及大陆。我走遍台湾却难觅茶之老家的大陆茶。当听说有位来自云南的傣族“大陆新娘”在台南卖普洱茶，当然倍感兴趣。

但当太太知道我此时要去台南寻访卖茶的“大陆新娘”时，坚决反对。她的理由很简单，这段时间台南正流行登革热，死了不少人。而且台南那个医生出身的市长治疫乏力，就在登革热还有蔓延之势时，他却还在议会公开宣称“台湾独立”，当然令许多大陆客人害怕。不过，媒体人出身的我还是有点敢入虎穴的冒险精神，坚持要去。再说太太也知道我这个湖南属牛人，有着牛脾气和湖南人骡子脾气叠加的固执，说了就会做的。只好提出我只能住在高雄，白天才能去台南的条件。高雄离台南只有几十分钟的车程，对我的台南行不会有多大的影响，同时太太还特意请高雄的朋友开车送我去台南，这就很便利了。当然也有暗中保护我的意思。

其实，到了台南后，氛围并没那么恐怖，只是街上游客不多，尤其是过去成群结队的大陆观光团几无踪影。我要寻访的卖普洱茶的傣族“大陆新娘”名叫缪愿青，家住台南市安平区。她家旁边有条小河，沿河还有一个有着亭台楼阁园林式的社区花园。安平区是台南的老城区，少有高楼大厦，有点像福州鼓楼区那片明清时期的三坊七巷街区，多为矮层的小楼。我们的交谈是在她家进行的。她家不是夫妻两口的小家，而是一个传统的几代同堂的大家。她夫家开了个家族式文创咨询公司，办公场地是进门大客厅左边部分。她卖茶、品茶、聊天的空间，是在客厅中间靠后部分。我们进去时，她的婆婆、小姑都很热情地起身打招呼，一看就知是书香门第，温文尔雅。缪小姐骄傲地告诉我们，她婆婆早年毕业于台湾南部最著名的女中。我们初到时，缪小姐的先生不在家，回来后与我们认识，我们也得知她先生是位年轻的博士，还在大学兼职教书，同时也兼职多家企业的文创策划顾问。愿意大大方方在自己家里接待外来者，这在台湾是很少见的，更遑论是在有着浓郁保守色彩的台南。

我们坐下来后，缪小姐拿出从云南普洱老家带来的家制珍品茶，用精美的茶具沏好斟上，茶香扑鼻。香茶一喝，大家也就无拘束了，就像一家人一样聊开了。

缪小姐是云南普洱的傣族人，有着典型的傣族美女的特征，瓜子脸，皮肤白皙，身材娇小苗条，是“80后”大学生，毕业于云南师范大学艺术系，学声乐。她告诉我们，她最拿手的唱曲是《在希望的田野上》。她凭这首歌，曾进入湖南卫视《超级女声》大赛的前十六名。难怪台湾媒体报道她的专文标题是这样写的：《云南傣族美女声乐家缪愿青下嫁说甘苦》。大学毕业后，缪小姐放弃了声乐，进入深圳一家公司担任总经理助理。几年后，同与公司有业务往来的未来老公相识、相恋，七年前嫁来台湾台南市。现在育有一儿一女，她拿出全家福照片给我们看，一对儿女长得很乖很可爱。一家人和乐融融，令人羡慕。

喝着缪小姐泡的香茶，话题很快就转到她为什么来到台南不继

缪愿青家庭照

泡茶的是云南傣族姑娘缪愿青

续她的声乐专业，而卖上了普洱茶。

缪小姐说，来台湾卖普洱茶是偶然，也是必然。那是她刚嫁来台湾的时候，她在老公一个朋友家里偶然喝到普洱茶。凭着她对家乡茶的熟悉与热爱，她只轻轻一闻就感觉有种常人难以察觉的霉味，而就是这点霉味，就使得上好的普洱茶名誉尽毁。朋友泡着普洱，不想伤来自普洱故乡的朋友妻的心，委婉地说，台湾人喝惯了台湾茶，喝不惯价格不菲的普洱茶。缪小姐端着茶杯，听朋友这么说，心里也很难受。台湾人不喜欢喝普洱，固然有市面上鱼目混珠的假普洱茶的缘故，也有保存不当、泡法不当的缘故。离开朋友家后，她就与老公商量，能不能开一家茶餐馆，既卖云南特色小吃，也卖普洱茶。老公支持她的想法，婆婆和小姑也支持她，于是就在台南最有文化味的安平老街开了家茶馆，还起了个颇有文化味的名字“安平 49”人文茶艺馆。原本学声乐的她当起了卖茶的老板娘。

为了让台湾茶客能喝到地道的普洱茶，缪小姐多次回故乡学茶艺。她家原本就是世代茶农，还保留有几亩老茶园。她舅舅还是当地有名的制茶人。舅舅家原本有一棵上千年的古茶树。不过现在已成为国宝,被政府保护起来了。她跑到那棵古茶树前,抱着树干粗大、枝叶依然繁盛的老茶树，拍了张拥抱照，还带回台南的茶餐馆做宣传画。当然也带回茶博士舅舅亲手制作的正宗原味普洱茶，让台湾的茶客品尝。台湾人喜欢讲有图有真相。真正懂茶的茶客喝了缪小姐从遥远的云贵高原带来的地道普洱茶，感受到了普洱茶的巨大魅力。缪小姐的普洱茶渐渐在喝惯了台湾茶的台南茶客中有了影响，人们知道如何鉴别、品尝什么是生普洱茶什么是熟普洱茶了。几个月前，为了照顾已渐渐长大的两个调皮而乖巧的小孩子，她不得不暂时关闭了茶餐馆，将茶艺室搬到了家中。然而追寻普洱茶的茶客们，仍然上门求购，现在她在台南已有了一个稳定成熟的普洱茶粉丝团，大多是公职人员和教职员工。缪小姐说，她现在已看到了普洱茶在台湾发扬光大的希望，她将在培育孩子们成长的同时，也更广泛地培育普洱茶在台湾的市场，让更多的人了解普洱茶迷人的精妙之处。

那天，我在缪小姐家喝着她泡的茶，开玩笑说：“不知道喝普洱茶能不能防登革热。三国的诸葛亮进军滇黔瘟瘴之地，七纵七擒孟获，据说士兵就是喝老茶汤防瘟疫打胜仗的呀！”

浓浓的普洱茶香，甜蜜的家庭亲情

16. 台南的阿嬷级“大陆新娘”“新星艺术团”

一群平均年过花甲的“大陆新娘”，仿效广场舞风格，组建了一个名为“新星”的艺术团，活跃在台湾最有历史文化底蕴的台南市，也算是一道新的人文风景线。

我能在台南寻访到这个阿嬷级的新星艺术团，要感谢台南市“新住民关怀服务中心”的邱素祯理事长。邱理事长是地地道道的台南人，但热心台南新住民的关怀服务工作，她也是我的老朋友“台湾国际舞蹈运动总会”创会会长曾钮朗女士的朋友。

知道我要来台南寻访“大陆新娘”，邱理事长热心地帮我引荐了新星艺术团的团长和艺术总监，还亲自陪我去新星艺术团排练场实地寻访和观摩。

新星艺术团的排练场设在台南市的“荣民之家”。在去的路上，听邱理事长介绍情况，我才知道台南市的新星艺术团与台北市的YOYO的新动力演艺团不一样。它是纯公益的，既有自娱自乐的成分，也定期慰问台南市退伍老兵。

我们到达“荣民之家”，团长王飞飞和艺术总监史文琪已先在现场等候了。要说世界很大嘛，其实也很小。史总监是湖南长沙人，我们用家乡话聊天，她激动不已。她现在已进入古稀之年，可是她的言谈举止依然有着小姑娘般的纯真热情。更有意思的是，她来台湾之前，曾是广州铁路局长沙客运段的播音室主任。而那时她的几位直属长官和几位要好的同事，都是我的好朋友。当年我当记者时，有段时间就是专跑铁路新闻的。她的先生也是湖南长沙人，十六岁当兵来到台湾，祖辈住在长沙市那著名的三国古城遗址天心阁下的一条小街上。天心阁是当初黄忠战长沙时的古城门楼子。而我年轻时也在那条小街上住过几年，与史总监也算远邻。

有这么几层关系，史总监更是兴奋。趁排练的人还没到齐，我们就聊开了。我也不称她的“官衔”，直接称呼“史大姐”。史大姐告诉我，她们新星艺术团的成员是清一色的“大陆新娘”，而且嫁的都是国民党的老兵。因此她们公益服务的对象主要是“荣民之家”的老荣民。她说她们经济上虽不宽裕，但精神上很满足。史大姐是一九九一年嫁给第一批回大陆探亲的台湾老兵的，那时她还在铁路局上班。她说自己嫁给老兵，原因只有两个，一个是同情，一个是乡情。那时她才四十六岁，她先生已经六十多了。刚结婚时，老先生在台湾穷得连住所都没有。早期与她同住在长沙的铁路宿舍，后来老先生从朋友那里借了十几万台币，在台南市买了间只能放一张床、一张桌的小房，两人进出房间都要侧着身子相让。这样他们在台湾才有了安身的地方。

为了还债，史大姐一天要打四份工。她扳着手指头说，第一份工是到舞蹈培训班教人跳舞，她虽不是舞蹈专业科班出身，但从学校读书到铁路局上班，都是能歌善舞的活跃分子。再加上业余出身的人教业余的人更容易被接受，也大受欢迎。第二份工是中午帮有钱的独居老人买菜做饭。第三份工是帮人做家务，抹窗扫地，收拾房间。第四份工是晚上与先生一道做小件物品代工，比如在塑胶盒上贴标签什么的。一个人一天打四份工，对于现在的台湾年轻人来说，也许不可思议，可是我们阿嬷级的“大陆新娘”史大姐硬是做到了。十几年下来，她不但还清了债，还换了一套有卧房有客厅有厨房的新屋。经济条件改善了，向来乐于助人的史大姐，要用自己能歌善舞的一技之长，感恩帮助过她的台湾人。于是她联络了同心同理的“大陆新娘”姐妹，组建了新星艺术团做公益演出。她说之所以起名“新星”，是她们这班阿嬷们并不认为自己很老了，要像年轻人一样当“新星”。

史大姐讲到这里，拉起团长王飞飞的手，感慨道：“我们这个艺术团能坚持多年，就是有飞飞这个好团长用心把大家拢住，还有邱理事长多年来不间断地支持。”

我觉得史大姐真是个真诚的人。她与团长王飞飞两人共印一张名片：新星艺术团团长王飞飞、编舞史文琪。这也是我见过的名片中的奇葩。团长王飞飞今年六十二岁，来自青海。嫁给台湾老兵那年，她也才四十出头。王飞飞在大陆时就有自己的生意，嫁来台湾后日子也过得不错。起初只为打发悠闲的日子，出来活动活动。结识能歌善舞的史大姐之后，两人商量成立一个老人艺术团，又得到“台南新住民关怀服务中心”邱理事长的支持，说办就办起来了。她们不但闲暇时自娱自乐，而且还在邱理事长的安排下，常常参加台南市的各种公益活动。飞飞团长说，她们不但不计报酬，甚至连艺术团的演出服装都是自费设计，亲手制作。她还打开手机视频，让我看她们艺术团的演出。阿嬷级的演员们，身着艳丽的民族服装，轻歌曼舞，哪像阿嬷呀，简直都是漂亮的青春美女！

由于她们这天排练是临时通知的，来的人不多，但都有分量。有一位还是大陆电影《红高粱》主角于占鳌原型人物的孙女，还有刚从新加坡探亲回来的湖南老乡。她们并不是一些人嘲讽的“粉红收尸队”，她们已与老先生们建立了白头偕老的夫妻感情。祝福她们！

新星艺术团演出照

史大姐在指导排练

史大姐照片

史大姐夫妇合照

飞飞团长夫妇照

新星艺术团姐妹聚会照

临别时，史大姐紧紧拉着我的手，叮嘱我下次一定要再来台南，一定要上她家去做客，她要好好做一桌家乡菜款待我。几天后，我与史大姐通了电话，史大姐在电话里说，那天她回到家里，告诉她先生在“荣民之家”见到了长沙老乡。先生还责备她为何不将我请到家去做客。老先生也很想与我一道聊聊老长沙人的回忆。

17. 从川南竹海来的“大陆新娘”印象

没想到曾被视为“畏途”的台南“大陆新娘”寻访之行，居然得以顺利进行。我打心底里还要感谢那位从四川宜宾竹海来的“大陆新娘”张锐。

半年前，我就想去台南寻访“大陆新娘”。虽然这里被认为是台湾政治版图中属于深绿的地盘，又是陈水扁的老家，但这里的“大陆新娘”却有两万多人。

也就是说，仅六十多万人的台南市，平均每三十个人里就有一位“大陆新娘”。比“大陆新娘”在全台湾人口中平均占有比例还要高出一截。但是苦于没有找到合适的“引路者”，去了也是瞎闯，不得其门而入，于是我只好求助高雄的“春天姐”。我想高雄市是与台南市只有几十分钟车程的近邻，她可能有不少熟悉的姐妹。但没想到向来有求必应的“春天姐”，此次也为难了。她说没有把握找到能把我带进门的姐妹。没人带路，我好几次路过台南也没停下脚步。一晃半年过去了，我与出版商约好的书稿截止日期也快到了，我很焦急，撰写台湾“大陆新娘”的书没有台南的部分，不但将来作为研究台湾“大陆新娘”史料是很大的缺失，就是作为一部普通的纪实文学也不会完整。也许心诚所至，就在这时，奇迹发生了。在同一天里，我收到了两条好资讯。第一条好资讯是，高雄的“春天姐”帮我找到了台南的引路人：台南市“新住民女性关怀协会”理事长张锐；第二条好资讯是，“台湾国际舞蹈运动总会”的曾会长也帮我联系上了台南市“新住民关怀服务中心”的邱素祯理事长。有了这样的双保险，尽管那段时间还是台南登革热肆虐时节，我仍然开始了台南“大陆新娘”的寻访之旅。

但说实话，虽然以为有了“双保险”的引路者，可是坐在南下的高铁上，我心里还是有点忐忑不安。邱理事长不是“大陆新娘”，只是间接联络人。能给予最大协助的应该是同样身为“大陆新娘”的张锐。但这个张理事长名字里带一个“锐”字，是不是不好打交道？是不是会锐气逼人？上次在燕巢偶遇的那个嫁给员警的台南“大陆新娘”，就很有几分傲气，不大理人。于是，到了高雄我又一次小心地向“春天姐”求证，这位张锐小姐是否好打交道。“春天姐”夸她是个很好的人，不过也是一个大忙人，不好约时间。“春天姐”说她先生前几年生病了，繁忙的家族生意就落在她肩上。“春天姐”怕我不放心，当即打通张锐的电话，要我直接与张锐对话。从电话里听到的声音，张锐不“锐”，来台湾二十年了，还是典型的川妹软音，声调柔和，很有亲和力。张锐在电话里一口答应马上帮我联系台南的姐妹。我顺便问她台南登革热的疫情怎么样，她宽慰我不要紧张，她儿子前几日也染上登革热，但发现及时，护理得当也就好了。听她这么说，我对台南之行更有把握了。同时我也感觉这个张锐蛮善解人意的，而且还挺肯帮忙的。果不其然，她晚上就打电话给我，说已约好了姐妹们，次日中午与我在一间茶室见面，不过，她不能全程陪同，上午十点钟之前她要安排公司事务，下午还要离开台南赶到外地去见一位重要的客户。她要我们十一点钟之前，先直接去与台南姐妹们约见的茶室，也告诉了我们地址。有了张锐的引路，我心里踏实多了。我当晚就早早上了床，生怕第二天睡过头，与人家第一次见面就迟到，那就太失礼了。

可是，尽管第二天很早就出发，但万万没料到起了个早床，还是赶了一个晚集。送我去台南的高雄朋友，是个很有自信心的退役海军少校。动身之前，我再三问他熟不熟路，他信心满满地说没问题。可是，我们一下高雄到台南的高速公路交流道，就发现那附近到处在修路，朋友开着车转来转去，眼看约定十一点见张锐姐妹的时间快到了，我们还似乎陷入了迷魂阵。或许张锐告诉我的地址是个小地名的原因，问了好多人都不知道。我急了，只好赶紧向张锐求援。张锐接到我的电话，口气仍是那么柔和，问我到了没有。当我说我还在郊外，找不到路时，她下意识地“哦”了一声。我心里一紧张，她若是说不能准时到，是否改日再见的话，我会崩溃的。在台湾待久了，我多少也知道台湾人尽管对人友善，但人家的事永远是人家的事，只有自己能赚钱的事才是大事。但又没料到的是，张锐略停了一下，说：“那这样吧，你们原地不动。我来带路。”听到这话，我好感动。

作者与张锐及其姐妹的聚餐

张锐与大帅哥先生和小帅哥儿子

过了十几分钟，一辆白色“丰田”开到我们的车旁，挨着我们的车停下，摇下的副驾驶旁的车窗里一位美女探出头，向一直焦躁不安地站在车旁张望的我发问：“是不是刘大哥？”我忙点头，但还是有点疑惑地问：“你就是张锐？”这个现实版的张锐，不但不“锐”，还是位大美女。她也笑着点点头，要我们跟她的车走。这次我的朋友不敢吹牛了，乖乖跟在白色“丰田”车后面。大家这才心情放松了一些，我又开玩笑地对朋友说：“这回不会跟丢吧！”可我这位朋友本性不改，又自信满满地说：“不会啦！”可是过了不久还真的跟丢了。一路上张锐不停地与我电话联系，生怕我们跟丢。开了一会，张锐说过了前面红绿灯，在一座运河小桥旁转弯就到。没料到，张锐的车顺利过了红绿灯，我们的车却被红灯挡住了。等绿灯亮后，我们开过去，看到前面的运河桥，可是却没看到张锐的车。我的朋友以为张锐已经开到前面去了，加大油门追赶。可上了运河桥也不见张锐的踪影。我忙要朋友在桥上靠边停车，只好又打电话给张锐，张锐奇怪地问我们怎么还没到，我说我们在运河桥上，张锐忙说不要过桥，顺桥边一条不起眼的小路绕过来就到了。我看一眼朋友，朋友不好意思地忙倒车回来。张锐已停好车在路口等我们了。朋友去停车，我这才与张锐正式照面，互赠名片。她是台南市一家商标专利咨询公司的业务主任。我看着她的名片说:“你真能干，做科技含量这么高的商标专利咨询业务。”她笑笑说 :“这是赶鸭子上架啦。”我还以为她是自我谦虚，后来才知道，她确实是被赶鸭子上架的。二十几年前，年轻美丽的她从“五粮液”酒的故乡，李安拍的那部获奥斯卡电影奖的《卧虎藏龙》取景地，四川南部的宜宾竹海，嫁来台南。当时她那台湾政治大学法律系毕业的台湾老公很疼爱她。她过着悠闲舒适的全职太太的生活。那时她最大的心愿，就是她的宝宝能得到良好教育，能上一所好的大学。因为只有初中文化程度的她，吃够了文化太少的苦头。可万事难料，几年前，老公突然中风。幸亏是轻度的，恢复还好，但行动多有不便了。而老公创办的商标专利咨询公司，必须天天要外出上门服务。老公行动不便，跑外勤的事，就落在她身上了。这时她才感受到巨大的压力。一方面要照顾儿子，还要护理大病初愈的老公，更要学习对她的文化程度有极大挑战的业务知识。但从竹海出来的姑娘就有竹子的韧劲，她咬着牙关，顶住压力，努力学习，勤奋工作，几年下来，终于不负老公期望，熟悉了业务，守住了家业。不过，我了解的这些都不是张锐本人告诉我的，是后来与她的姐妹们聊天时了解到的。

我的朋友停好车，我们随张锐走进了就在路边社区的一栋小楼里的茶室，张锐约的姐妹们早已在茶室等我们了。看来她的姐妹是贵妇圈，有在大学里学的声乐专业，却来台湾卖普洱茶的云南缪小姐；有来自四川达州，既有自己的地产公司又做房屋中介，还挂了“台南狮子会会长”头衔的孙小姐；还有来自广东梅州的许小姐。除了缪小姐嫁来台湾只有七八年时间，其他的都有一二十年了。来得最早的广东梅州的许小姐，讲她初到台湾时，人生地不熟，更难遇到大陆姐妹，非常想家、想大陆。为了能找到一位同她一样来自大陆的人聊聊天，经常独自在菜市场里绕行，看能不能找到“大陆新娘”，若是听到有大陆口音的女性，她会主动上前搭讪，不管是买菜的还是卖菜的，只要认识了，她就会骑着机车，满世界去找这些姐妹们聊天取暖。我听了感同身受，最初为了寻访到“大陆新娘”，我不也是这样到处打探吗？

我发现我与张锐的姐妹们聊天时，张锐却话语不多。倒是大家都骄傲地夸自己的孩子时，张锐这才插话：“我儿子今年考上金门大学了。”我不由得又打量一下她，我以为她还是一个年纪不大的小美人，惊讶地问：“你今年多大了？就有上大学的孩子了！”她脸红了，腼腆地答道：“我都是‘欧巴桑’了。”这时大家都笑了，她们说来台湾后，大家的颜值都提高了。我说那是你们的生活太好了。聊了一会，我怕耽误张锐公司的事，就说今天先认识大家，以后再来拜访。张锐忙说吃了午饭再走，她还联系了一帮姐妹，就在离茶室不远的“湘香园”餐馆等着我们。于是我们到“湘香园”与另一拨姐妹相会。

“湘香园”是一位来自贵州的“大陆新娘”开的。到了“湘香园”，正忙着的贵州老板娘，要服务生先把我们带到二楼。这天她特意腾出二楼不做生意，专门安排姐妹聚会。二楼靠窗的大圆桌上已坐满了人。她们有广西的，有江西的，有湖北的，有吉林的，有安徽的，有江苏的，当然还有湖南的，而同时带给我惊喜的是，此时我还见到了只通过电话，未见其人的“台南新住民关怀服务中心”的邱理事长和她的助手李干事长。贵州老板娘在楼下厨房掌勺做菜，一直等我们吃饱喝足了才上来。我问她来自贵州何处，怎么会开湘菜馆，她说她来自贵州铜仁。我说我明白了，铜仁与湖南的湘西是近邻，我还猜出她是侗族，肯定会唱侗族“大歌”、会跳侗族铜鼓舞，她笑着点点头，还说我好有学问。我对老板娘说，这顿饭由我请客。老板娘笑笑，说张锐已经结完账了。老板娘还递给我一个装有台湾茶的礼盒，说是张锐送的，她有急事先走了。我一愣，这才发觉原

作者与张锐的姐妹们在缪小姐的茶室饮茶聊天

本坐在我旁边的张锐，不知何时不见踪影了。我接过茶叶，又是一阵感动。这位来自川南竹海的姑娘，来台快二十年了，可还是不失她家乡竹海中青翠竹子的风格，那么实在，那么有韧性，那么清纯，那么美丽，那么有礼貌。

18.“春天姐”周围姐妹扫描

我这次的台湾走透透寻访“大陆新娘”之行，在台湾南部接触最多、对我帮助最大的就是宁德妹子“春天姐”，自然对她身边的姐妹也认识不少。

她的姐妹对她的评价很高，说她是一个乐于助人的疯子，姐妹们哪怕有一点要求，她一时记不住，半夜想起来，第二天肯定想尽办法要帮人做到。梅州姑娘说她是个“三有大姐”，有情、有义、有担当。我一直想做“春天姐”一个专访，但她一再推脱。可我请她讲姐妹们的事，她却如数家珍，滔滔不绝。还帮我到处联络姐妹，充实我的《寻访录》。恭敬不如从命，我便将“春天姐”周围的姐妹们做了个扫描。

之一：留学英国的钢琴师

我在台南寻访期间，白天在台南，晚上按照太太的要求住高雄。这样与“春天姐”见面聊天的时间就多了。一次我与她又聊到“大陆新娘”的现状，我问：“为什么嫁来台湾后取得成功的‘大陆新娘’

“春天姐”周围的姐妹照

有不少，可是成功女士嫁来台湾的却很少听说，这是为什么？”“春天姐”笑了笑，问我知不知道台湾“大陆新娘”有“潜伏贵妇一族”。我闻所未闻，颇为诧异，问她为何叫“潜伏贵妇一族”？“春天姐”解释道：“就是那些嫁到台湾豪门权贵家的‘大陆新娘’，或者本人就是豪门权贵子弟，或者是事业有成的富婆、高管、名流，她们住豪宅开名车，进出高档场所，鲜与平民为伍，也不轻易抛头露面，这就叫‘潜伏贵妇一族’。”噢，我有所明白了。但我还是不解地问“春天姐”：“你不也是贵妇吗？身为台湾最能赚钱的牙医的太太，还有自己的事业，可你不是整天与普通‘大陆新娘’打成一片吗？”“春天姐”谦虚地笑笑：“我两边都有朋友啦。我自己是平民百姓，我喜欢跟大家玩在一起，这样才充实。”我恳请“春天姐”引荐一个“潜伏贵妇”让我见识见识。她想了想说：“试试看。”操起手机拨着电话。我借口上洗手间，让“春天姐”打电话，离开了一会。当我回来，“春天姐”高兴地告诉我，她联系上了留学英国的钢琴弹奏家H小姐。H小姐愿意在不暴露姓名的情况下见见面，喝杯咖啡。“春天姐”说H小姐的手指好像有魔力，双手往钢琴上一放，美妙醉人的琴声就会弥漫整个房间，令人听得仿佛漫步在天堂路上。看来虔诚的基督徒“春天姐”对H小姐的钢琴弹奏还蛮欣赏的。

H小姐的家住在高雄市美术馆附近，那是高雄市近些年发展的新区，现在是高雄市豪宅区的地标。那天，我们就在离H小姐家不远的一家环境优雅的咖啡店见面。刚开始，大家都似乎有些拘束。虽然是坐在软软的沙发椅上，仍觉得坐姿有些生硬。看上去H小姐还很年轻，一问是“80后”，三十岁出头，有艺术家的矜持。

可能是看在我这白发老人的份上，没有流露更多的傲气，交谈也很坦诚。她与先生在英国相识。那时她在英国诺丁汉大学读书。诺丁汉是世界著名的艺术之都，每年举行的诺丁汉艺术节更是享誉全球。她同先生结婚后回到台湾定居，现在育有两个帅气的小儿。我问她为什么选择来台湾，她说喜欢这里自由、舒适、懒散的生活，当然还有优越的居家环境。

当我们慢慢聊开时，竟意外地发现，我们虽然年龄相差悬殊，竟然还是大陆同一所大学的校友，只不过她读的是艺术系钢琴专业，我念的是中国汉语言文学系。而更有意思的是，她的一位比她只高几届的同专业学友，竟然还是我的一位小兄弟。我的这位小兄弟留校教书，现在已是钢琴教授。而 H 小姐的母亲更是大陆知名的钢琴教育家，桃李满天下。

不过，尽管我们的话题越聊越近，H 小姐还是不愿多谈更隐密的往事，也不要拍照留影。也许这就是“潜伏贵妇一族”的潜规则，我也就不勉为其难，咖啡喝完大家便告别了。

之二：从非洲毛里求斯来到屏东的“大陆新娘”

屏东虽然有个“东”字，它却是台湾真正的南部地区。草莓出产的季节，我在网上看到一则新闻，说屏东有位“大陆新娘”，研发出很有创意的颇受欢迎的伴手礼“草莓麻糬”，叫“潇斌大福草莓麻糬”。每年只生产几个月，得提前预订才买得到。一次我到了高雄，问“春天姐”认不认识这个“大陆新娘”。“春天姐”说：“是我福建老乡，当然认识。不过，她本姓王。”我说我要去屏东寻访她，

潇斌与她的创意草莓麻糬：大福草莓麻糬

潇斌全家福照

请她帮忙联系。有求必应的“春天姐”自然又是满口答应。“春天姐”电话打过去，但王小姐在当地一所学校的营养食堂上班，不方便接待。晚上我又不方便从高雄到老远的屏东去会人。于是我请“春天姐”问她，能不能就在电话里和她聊几句。电话里的王小姐爽快答应了。

我接过电话，问王小姐什么时候来台湾的。她半开玩笑地说，自己是十几年前被家里人从毛里求斯骗来的。毛里求斯？我很是惊异，这哪是福建，这是距福建万里之遥的非洲国家呀！王小姐在电话里咯咯笑道：“确实是非洲毛里求斯。”十几年前，她老公从台湾回福建老家找老婆，在她家里看到她的照片，就认定要娶她。但是那时的王小姐，正好在毛里求斯打工。有一天突然接到家里急电，说父亲身体不好要她速回。她急急忙忙从毛里求斯赶了回来。谁知是个骗局，就是骗她回来相亲。不过，她与专程从台湾来相亲的老公见了面后，也还情投意合，就辞掉毛里求斯的工作，随老公来到台湾屏东。

我又问，她网上热卖的“潇斌大福草莓麻糬”是怎么做出来的。这回她蛮认真地回答了。她说来到台湾十几年了，除了相夫教子，好像没有什么成就，前几年就和上大学的儿子一起琢磨，屏东的食品业蛮发达，是不是也搞点什么创意食品，体现一下自我价值。经过反复研发，就做出了将本地产的鲜美大草莓，整个做成麻糬的内馅，包裹在麻糬皮里，不但味道独特，还能保鲜好几天。产品一推出就大受欢迎，成了屏东又一食品伴手礼抢手货。她也成了创意麻糬达人。

我在电话里又问：“什么时候能尝到潇斌草莓麻糬？”

她爽朗地回应：“今年过了草莓季了，明年出草莓的时候，请你到我家来做客。”

之三：不为钱财只为爱情的都江堰川妹子

大凡知道一点中国历史的人，都应晓得中国古代的水利工程，第一当数四川成都平原的都江堰。千百年了，都江堰不但仍然有效地调控来自雪山的岷江水流，灌溉富饶的成都平原大地，而且古老的工程散发的妩媚风光，也进入了联合国世界自然和文化遗产目录。“春天姐”好姐妹之一的谢阳，就是在都江堰地区长大的川妹子。

我对这个中等个子、皮肤白皙的川妹子，虽然以前也见过几面，但当时认识她时，周围姐妹太多，印象不深。后来“春天姐”告诉我，就是谢阳帮我联系到台南的老乡张锐的。在一次聚餐上，谢阳知道我喜欢吃辣椒，还特意做了一罐辣椒酱要“春天姐”转送给我，尽管现在辣椒酱还在“春天姐”家的冰箱里，我想一定很好吃。我也想有机会再当面道谢。不久，我又到了高雄，又赶上“春天姐”姐妹们那常态化了的聚餐会。那天谢阳来得比较早，我们得以有一对一、面对面聊天的机会。

我先感谢她的帮助，使我得以顺利完成台南寻访。她手一摆：“别客气，能帮的事就一定要帮。”看来真是物以类聚人以群分，“春天姐”的姐妹都是乐于助人的，同时我也感觉这个谢阳是个很有主见的人。我问她如何嫁来台湾的。她笑了 ：“我可不是被父母骗来的哟！”刚才她进来的时候，我还正与屏东的王小姐电话连线，耳尖的她可能听到王小姐在说被父母从毛里求斯骗来相亲的事。我笑着反问 ：“那你是被父母赶出来的？”谢阳瞪我一眼，不跟我开玩笑了，认真地说：“我父母没赶我，但他们坚决反对我们的婚事。”“为什么？”“说来话长。”她苦笑了一下，顿了顿，还是慢慢说了。

十几年前，她从成都税务学校毕业后，又回到了生她养她的故土都江堰，进到一家台资企业做财会工作。年轻漂亮的她被许多帅哥追求，但她独独看中了来自台湾的一位管理人员，不久他们热恋了。可是当她带着台湾先生回家看父母时，父母当场就强烈反对，原因就是她的台湾先生，由于儿时患了小儿麻痹症，腿脚有点不方便。父母指责她，你要长相有长相，要文化有文化，好不容易把你拉扯大，翅膀还没硬，就自作主张要嫁这么一个男人。而且发出最后通牒，谢阳若要跟台湾先生结婚，家里人就不认她这个女儿了。万万没想到两岸年轻人的婚姻，会弄得这么复杂，谢阳内心在两难之间苦苦挣扎。实际上，此时的她已经自作主张与台湾先生领了结

谢阳与她的儿子

谢阳接受褒扬奖状

婚证。怎么办？她的先生这时非常贴心地安慰她，不要与父母作对，他也不会因为谢阳父母对他恶言相向而憎恨他们。他要谢阳耐心地做父母的工作，不管时间多长，他都会默默守望。就这样，谢阳和台湾先生的婚礼等了两三年，谢阳的父母终于心软了，认了这门亲事，她才进入婚礼的殿堂。随后，她与先生回到台湾自创家业。现在事业有成，儿子高中毕业了，成绩也不错。儿子的愿望是考上台湾顶尖的台湾大学，为父母争光。

说到这里，谢阳又笑得很灿烂了，她说，她对儿子说不光要考上“台大”，还要考上“台大”最好的学科，爸爸妈妈就满足了！

我听着谢阳的叙述，心里在想，这个女人还真的蛮有自己的主见，为了爱情不顾一切，儿子考上大学还不行，还要考上最好的大学，读最好的专业。当然，这也许就是她最大的“台湾梦”。

之四：疯子样的新娘秘书岳儿

这是一个有着模特身材的漂亮川妹子。她老家在四川的遂宁。遂宁古时候出了一个有名的文化人，叫陈子昂，他的一首名诗流传千古，即《登幽州台歌》:“前不见古人，后不见来者，念天地之悠悠，独怆然而涕下。”不过，岳儿却没有大诗人那么文雅，穿着双高跟鞋，走起路来如发疯般急走，仿佛时时都赶赴什么重大活动。当然，这是她做新娘秘书的职业习惯。讲话也是像机关枪那样，语速飞快。她说“春天姐”整天像疯子一样忙着帮别人的忙。我与她比较熟了，也笑她像疯子一样地忙来忙去，不知忙什么。她不同意我对她的评价。她说她来台湾十几年，前些年忙着生小孩，现在已有两位健康可爱的小宝宝。这些年她做新娘秘书工作，每天要早出晚归。我问累不累，她狠狠瞪我一眼，嗔声道：“你们男人都缺少心疼女人的

岳儿与新娘新郎合影

岳儿和她的家人

良心。一天到晚忙忙碌碌，能不累？”她说要是碰到刁钻的客户，那可要累死人。时不时要与你讨论婚礼方案，新娘婚纱要挑几十件，件件要试穿，遇到苗条的还好，若是胖一点的新娘，偏要挑紧身的婚纱，还得要你使劲帮她拉上背上的拉链。听她这么说，我笑得乐不可支。我又问她喜欢这个职业吗。她满足地回答："还蛮喜欢的，我天天要帮准新娘打扮，也要天天打扮好自己，弄得我好像也是天天准备当新娘一样！”

之五："大红袍"茶乡来的台湾古早味槟榔妹妹

早年，台湾的茶来自福建，而福建的名茶产地要数武夷山，而武夷山的镇山之宝，就是那赫赫有名的几株千年古茶树"大红袍"。据说，古代每到采茶时节，那几株"大红袍"古树都会被官府派兵把守，防人盗采。可见"大红袍"茶的珍贵。"春天姐"的一位好姐妹魏玉兰，就来自"大红袍"茶乡，武夷山之邵武人家。说到邵武，知道的人也许不多，但说到道教的祖师爷张三丰，相信知道的人就多了，张三丰的家乡就在邵武。而我恰巧几年前受人邀请，专程去邵武考察过人文资源，对邵武的人文地理略知一二。

因此，当我初次见到魏小姐时，我就开玩笑地问她是不是张三丰的弟子。不过，她好像对家乡这位古人了解不多，表情有点错愕地瞪着我，说她家祖辈是种茶种地的，与张三丰无关。她带着大山出来的人那副天生的纯情相解释。我知道她误解了我开的玩笑，也就没多说张三丰了。魏小姐从武夷山嫁到嘉义，先生是做园艺生意的。我没去过嘉义，但知道嘉义是个人杰地灵的好地方，许多游客向往的阿里山就在嘉义的地盘上。我当时便随口说，下次去你们嘉义玩，请你当向导好不好，她微笑着点头。当时我以为这只不过是人家礼貌性地允诺一位陌生人的要求。但没想到几个月后，我们又见面了，而且真的由她当向导去了嘉义。

前不久，我又一次来到高雄。请“春天姐”找几位姐妹聚聚。这次聚会的地方，还是上次“春天姐”姐妹开派对的意式餐馆。我刚从大陆回来，带了一些湘味土特产。那天先到的姐妹竟是“大红袍”茶乡来的魏小姐。也许邵武与同样嗜辣的江西接壤的缘故，魏小姐也很能吃辣。我带的湖南临武鸭小食包，“春天姐”尝了一点就叫太辣了，魏小姐却吃得津津有味。其他姐妹还没到，我就与魏小姐聊开了。这次我才知道，魏小姐嫁来台湾的媒婆，是先嫁到台湾的姐姐。魏小姐二十几岁的时候，与比她大八岁的先生结婚了。从武夷山的大山来到了有阿里山的嘉义。

但她在嘉义没待多久，怀孕两个月的时候，就独自到高雄闯荡江湖。凭着福建人善于活用资源，善开财路的经营头脑，她在高雄开起了台湾传统口味古早槟榔店，店名叫“富山槟榔”。她的槟榔店可不是通常台湾马路边那种穿着清凉的“槟榔西施”叫卖的槟榔摊，而是小有规模，零售兼批发的大店。说到槟榔，我自然又想到湖南人吃槟榔。说也奇怪，不产半颗槟榔的湖南，却有着上百年嚼槟榔的历史。据说这个习惯是清代湖南兵勇镇守台湾时，带回老家的习惯。大陆盛产槟榔的海南有句话：“海南槟榔，湖南人吃。”不过，湖南人吃的槟榔与台湾人吃的槟榔不一样。湖南人吃的是干果，台湾人吃的是生果。魏小姐之所以选择开槟榔店，就是因为她夫家是嘉义槟榔种植大户。至今还有五六甲地的槟榔林，也就是有近百亩的槟榔树林（注：台湾一甲地相当于十四亩多地）。过去她夫家种植的槟榔被中介收购，自己没有加工销售，产值很低。现在自产自销，利润得以大增，原本做园艺生意的先生也把主要精力投放在种植和采收生槟榔上来了。不久，他们在高雄又开了第二家槟榔店。我问她开槟榔店辛不辛苦，她说辛苦倒是不会，但每天脱不开身，每天晚上要备料、记账、收钱。她独自一人在高雄打拼，先生和刚上小学一年级的小儿，则留守在嘉义老家。好在高雄离嘉义老家不算远，只有一个多小时的车程，她虽然不能经常回家，但每到周末，先生和儿子就到高雄相聚，生活有苦也还是有乐的。

听魏小姐如此讲，更引发我去嘉义实地看看的兴趣，没有去过魏小姐家的“春天姐”，也想去姐妹家瞧瞧。于是，第二天大早，我请高雄的朋友开车送我们去嘉义。我们从高雄走“台三线”高速公路，约开了一个小时的车，就到了嘉义中埔，这里就是魏小姐夫家所在地。正是吃午饭的时候，由于我们是临时起意去嘉义魏小姐的夫家看望，而不巧的是魏小姐的先生这天早就请好了雇工，一大早就带着雇工到离家数十里外的高山槟榔林采割槟榔去了。魏小姐体贴公婆年岁已高，在家做饭不便，便请我们去吃当地著名的瓮窑鸡。

从“台三线”高速公路下来，往嘉义中埔市区方向行进数百米，远远就见到一座像吊脚楼的大型木结构建筑。木楼屋檐下吊挂着一串串写着“瓮窑鸡”字样的红灯笼。车停楼前，左边是敞式木屋大餐厅，右边是一大叠一人多高干燥的龙眼树劈柴堆，还有像烧陶器

魏玉兰的夫家家园与高雄市“富山槟榔”店外观照

的大火窑。厨师用特制卤汁不停地浇着宰好的大肥鸡，然后放进火窑里烧烤，香气扑鼻，令人垂涎欲滴。一路上我们在说，高雄的炸鸡块，肯德基比麦当劳的好吃，没想到在嘉义却吃到了比洋炸鸡更好吃的台式烤鸡。尽管这瓮窑鸡够好吃的，我们一行四人居然没能把一整只鸡全部吃完，因为它够肥大。而且这家餐厅还免费无限量供应嘉义大山盛产的竹笋做的汤，竹笋脆脆嫩嫩，帮我开车的朋友连喝两碗竹笋汤，直呼过瘾，还说下次要带太太专程来吃这里的瓮窑鸡。

魏小姐的夫家离瓮窑鸡店不远，穿过中埔街区，车往山里方向走了几公里的上坡路，就到了魏小姐夫家。他们家自然又是台湾许多乡镇常见到的那种透天厝。不过，这是乡村特有的庄园式独栋别墅建筑。屋前有块很大的停车坪，屋后是一片槟榔林。我们见到了魏小姐的公婆，两位老人很和蔼，身体很好。魏小姐一到家就急忙开车去接快要放学的小儿子。借此我与魏小姐的公公闲聊。

魏小姐夫家姓叶，祖籍福建。魏小姐的公公叶老先生今年七十多岁了，但看上去很年轻，几乎没有白头发，有着山民的纯朴。我问他回过福建探祖或看看武夷山的亲家没有，他微笑着摇头。我问他为什么不外出走走，他的回答令我惊讶。他说他不习惯穿皮鞋着西装，整天只想穿“夹脚拖”，轻便爽快，也不喜欢热闹，人多的地方就“闹心”。而就因为这么个原因，叶老先生竟然一辈子都没有离开过台湾。叶老先生虽然没出过台湾，但他经营山地、种花、种草、种槟榔很有心得。他家有很多山地，大多种经济作物，不种水稻。我问他为什么，他说稻米到处有买，好的花草，好的槟榔，一般是买不到的。他也很欣赏儿媳妇的能干，他说儿媳妇独自一人在高雄打拼，推销家族的槟榔，也使得他们叶家“富山槟榔”在高雄发扬光大，他很宽心。我听魏小姐说过，她家的槟榔虽然有批发，但以零售为主，因为“富山槟榔”品质好，熟客都会上门拿货。因此对外批发也就很少有货供应了。不过这对他们也是一种促进，他们正在想办法扩大槟榔的产能。魏小姐也很佩服湖南的槟榔商，动辄就是上千万的营业额。

我与叶老先生聊得正高兴的时候，魏小姐领着小儿回来了。她说她接儿子时，小儿万分惊喜，但又不好意思在同学们面前表现，还怨妈妈为什么不要阿公来接他，如果让他在家看到妈妈，他会更惊喜。原来魏小姐一年到头几乎都在高雄，到学校去接儿子，一年也难得几次，所以儿子惊讶万分。

由于下午我还要赶到台南去见其他大陆姐妹，我们在魏小姐家没待多久就告辞了。魏小姐没有见到老公，我们也没见到她帅气的先生，叶先生还在高高的山上采槟榔，山高路陡，一来一去要花好几个小时。不到天黑是赶不回来了。但我对魏小姐嘉义的夫家留下了深刻印象。这是我第一次见到嘉义的山水，第一次吃到嘉义的瓮窑鸡，第一次零距离接触高高的槟榔树，第一次与台湾的山民亲近交谈，也是第一次进入了台湾的山里人家。

19. 全民志工衡阳“妈格”妹的“奈”一族姐妹

台湾将乐于做善事、做公益的人称为“志愿工作者”，简称“志工”。衡阳“妈格”妹是来自湖南南部城市衡阳的“大陆新娘”。衡阳是座历史名城。当年抗日战争中的著名的衡阳会战，就发生在这里。衡阳得名于它处于南岳衡山之阳。

衡阳城中有座回雁峰，据说北来的大雁到了此地就要往回飞。衡阳人有句口头禅:“妈格？”因为衡阳人遇事喜欢打破沙锅问到底，“妈格”就是“什么”的意思。尤其是早些年，衡阳几乎无论老少，遇事开口都会以“妈格”开头，于是其他地方的湖南人，笑称衡阳人为衡阳“妈格”。全民志工衡阳“妈格”妹本名叫周文清，在台北“大陆新娘”圈，她可是个颇带传奇色彩的人物。她是“大陆新娘”心目中勇敢的维权斗士。她因为反家暴，上过台湾的“民事法庭”“刑事法庭”。她因家暴而与骗她嫁来台湾的先生提出离婚，一审败诉，二审胜诉，反反复复地打了好几年官司，上了近二十次的法庭，成了上台湾法庭最多的“大陆新娘”。当然最终还是赢得了诉讼，现在是自由的单身人士。也正因没有家庭的牵绊，她有更多的时间乐于助人，所以又被大家称为“全民志工”。

我初次认识这位衡阳“妈格”妹，是在“潇湘园”私房菜馆。那天我请YOYO的新动力演艺团的姐妹聚会，没想到YOYO的姐妹们大多是单亲妈妈，自然要将孩子带在身边，这样我原订的一桌就不够坐了，而孩子们一进餐馆，很自然地就爬到主桌上坐下，还嚷嚷着要吃这个要喝那个。面对这群可爱而又吵闹的孩子，我有点手足无措。正好这时，迟到的周文清进来了，她身材还算高大，嗓门也不算小，她一声大喊：“不准乱来。”走到大冰柜前拿了可乐、雪碧，往墙角小桌一放：“孩子们坐这里。”孩子们便乖乖地坐了过去。我悄悄地问YOYO：“这位姐姐叫什么名字？也是你们演艺团的？”YOYO点头说：“她可是我们的好管家。我们都叫她周姐。”餐桌上我点了份红烧猪脚，可上菜时老板娘说没有了，我好遗憾。我很喜欢吃台湾的卤猪脚。新北市的三重猪脚和屏东的万峦猪脚全台有名。我抱怨肖家姐妹不给面子，哪知这位周姐大大咧咧说道：“嗨，她家的猪脚不好吃。改天请你吃我家的。”我又疑惑地问：“你家是卖猪脚的？”“是呀，我卖烤猪蹄，正宗安徽品牌，每天晚上都在西门町夜市上摆摊。”“呵，那你是烤猪脚老板啰！”她嘿嘿笑道：“刚开张。”没过几天，她果然请YOYO带给我烤猪蹄，我试吃了一只，太硬了，光有皮没有肉。我推说牙不好，转送给YOYO了。

一来二去我们慢慢熟了，我也拜托她帮我寻访有代表性的“大陆新娘”。其间，我到大陆去了一段时间，再联络她时，她说她现在做网络团购了，忙得很。我奇怪地问：“不卖猪蹄了？”她嘿嘿笑道：“亏了几十万，退股了。”我问她帮忙找的人找到没有，她问我有没有“奈”。什么“奈”？我莫名其妙。她笑我很土，连“奈”都没有。她说的“奈”就像大陆的“微信”。我这才明白过来。虽然我用的是苹果手机，但我绝对是使用先进资讯技术的保守人士，不管多先进的手机，只接听电话，一年前甚至不会发短信。“妈格”妹要我赶紧去装一个“奈”，她将她“奈”群的姐妹们都传给我。她还说她“奈”群的姐妹都很漂亮。我说我又不是选美，我要看图，也要看真人。不过，这话一出口，我也不好意思了。人家纯粹义务帮忙，我怎能这样横蛮不讲理。但衡阳“妈格”妹就是这么可爱，她还是乐呵呵地答应把她“奈”里的姐妹们找来。

隔天下午，衡阳“妈格”妹急忙打来电话，问我在哪里。她正在台北市博爱路一家网络公司，与“奈”群里的姐妹聚会，问我能不能来。我当然赶紧赶了过去。在那里，我认识了一群辣妈靓女“大陆新娘”。到底是生活在台湾大都市的俏佳人，一个个打扮洋气，口齿伶俐。一个个子高挑的辣妈“大陆新娘”，自我介绍是厦门大学中文系毕业的。来台湾十几年了，在台北开了家品牌童装商店，还在福建老家开了三家私人幼儿园，日子过得很充实。一位重庆来的辣妈，在桃园开了好几家“麻辣烫”连锁店，生意盖过传统的台湾风味小餐馆。我笑她用舌尖上的美食征服台湾老百姓的胃。“妈格”妹将一个一直笑而不语的辣妈拉过来说：“这位是台湾牛肉面大赛的冠军，更是了不起。”我故意不信地说：“真的？”冠军辣妈懒得与我争辩，递给我一张名片，客气地说：“欢迎你到我家小店来见证。”我仔细看了冠军辣妈的名片，上面印有她身着白色厨师服的大头照，有印有台北市牛肉节清炖组冠军店家、台版米其林优质店家、二〇一〇年牛肉面创意季军、二〇一〇年创意人气王。店名：麻辣天堂，大名：章雪兰。“呵，你们还是米其林优质店，我一定会来拜访的！”这下我很认真地说。“大陆新娘”来台湾开餐饮的一大堆，但能提升到“米其林”这个层级的还是头一次听到。“妈格”妹的“奈”群姐妹这天的聚会，实际是听网络公司专家讲座，我不便多打扰，与她们打了照面后就走了。但我捏着冠军辣妈的名片，考虑什么时候去“突袭”米其林版的冠军牛肉面店。

没过几天，我就找上门去了。冠军牛肉面的“麻辣天堂”店，在离台北车站不远的中山路地下商业街。坐捷运到中山站，从验票闸口出来往右转，就是地下商业街。这是一条长长的隧道式商城，左边是一间间精致的店铺，右边是长卷壁画，人们经过时很有文化味。中山地下商业街据说也是台北文化青年喜爱的文化创意商业街之一，他们喜欢到这里喝喝咖啡、吃些小吃、聊聊天，寻找些创意灵感。按着名片上的地址，我很快就找到了“麻辣天堂”冠军牛肉面店。店面左边是珠宝店，右边是命理馆。命理馆实质就是测字、算命、看风水的。但它不是马路上算命先生摆的地摊，而是通过所谓现代化的电脑运算，帮人测字算命的机构。也许台湾人烦心的事太多，命理馆生意好过珠宝店。

“麻辣天堂”是间全开放型店面，我到时已过中午用餐高峰，店里客人不多。牛肉面冠军章小姐在无烟工作间忙着。我在一对吃牛肉面的老夫妇桌旁的空位坐下，轻轻询问味道如何。老人竖起大拇指：“赞！”可能老人的“赞”引起了章小姐的注意，同时也发现了我的突袭，惊讶地说：“你真的来了！”我笑道：“湖南人不打谐语。”她问我要吃什么，我说还不饿，等一等。我问她在忙什么，她说准备下午的食材，正在做她们店的成名作汽锅清炖牛肉。她用小餐盘装了几小块刚炖好的熟肉要我尝尝。平常我不好吃牛肉，但章小姐盛的牛肉好远就能闻到清香味。我试吃了一块，QQ 弹弹，不软不硬，确实好吃。我问她能不能卖一点清炖牛肉给我带走。她笑笑说，牛肉不能单卖，这是她的镇店之宝，是牛肉面的品质保证。我见她店里没有其他服务生，问她请员工没有。她轻轻对我说：“怕人家偷师，只能事必躬亲。”看来小本经营，赚点钱还真不容易。这时来了位举止文雅的女客，她点了份极品牛肉面。我很好奇，小店还有“极品”？看看菜单价目表，极品牛肉面是“麻辣天堂”招牌面，单价三百元台币，折合人民币近七十元。天啊！相当于大陆五星级酒店牛肉面的价格。不过，我也发现章小姐端上极品牛肉面的同时，还附送一小杯红酒。不一会，“麻辣天堂”门庭若市，冠军小姐忙不过来了。我心想今日她或许没有时间与我聊天了。

这时一个中年男子进来了，章小姐给我介绍，这是她老公，现在她忙不过来，让老公先陪我一下。我自然乐意。我问她老公抽不抽烟，附近哪里可以抽烟。他老公也是烟客，便带我出去抽烟。“麻辣天堂”旁边就有一部电梯，出了电梯就是大街了，我们在电梯外边的抽烟区，边抽烟边聊天。

牛肉面冠军小姐的先生很健谈，之前是台湾一家旅行社的导游。十几年前，他带台湾团去云南大理旅游，在那里结识了大理的地陪导游章小姐。章小姐是位白族姑娘，他们的恋爱过程，如同电影《五朵金花》一样，他们相识在蝴蝶泉边，相爱在滇池畔。后来两人都辞掉导游的工作，回到台湾经营牛肉面馆。章小姐受云南著名的汽锅鸡启发，研发出云南汽锅清炖牛肉面，参加台北国际牛肉面节，广受好评，成为当时台湾上班族评选出的十大好店之一，生意越做越好。章小姐还得到当时台北市长授予的褒奖状。

听完冠军牛肉面小姐先生的讲述，我感叹道："你真好福气，一趟大陆行，娶得一个又漂亮又能干的乖乖女。"他也感慨地说："是呀，我会好好珍惜这段来之不易的两岸婚姻的。"

我们再回到"麻辣天堂"，我点了最喜欢吃的正宗红油抄手，还给太太外带了一份极品牛肉面。这时，"妈格"妹突然打来电话，问我是不是去找冠军小姐了。我惊讶地问："你怎么知道的？"电话里，她哈哈笑道："我已在我的'奈'群里看到你与他们的合影了。"

"妈格"妹周文清在卖烤猪脚

冠军拉面研发人章雪兰夫妇

开心的“全民志工”周文清与她那开心美艳的“奈”群姐妹

20. 给夫家带来福气财气的桃园“石门森林湖畔”老板娘

也许很多中国人都钟情陶渊明的《桃花源记》。海峡两岸以桃园命名的县市有很多，而且叫桃园龙潭的地方竟也有二十几个。不过现在的台湾桃园县两年前升级了，成为台湾的五大都市之一。

然而我在桃园龙潭这个地方寻访到一位给夫家带来很多福气财气的“大陆新娘”，也算机缘巧合。

一次，我去拍 YOYO 新动力演艺团的排练照片时，突然发现这次演艺团里多了几张年纪较大的陌生“大陆新娘”的面孔，便问 YOYO 是不是又招兵买马，扩大阵营了。YOYO 告诉我一个秘密，在台北的此类商业演艺队伍，成员都是松散的联合体。活动举办方要的人少，就拿自己的队伍顶上去；要的人多，就找几个类似的小团体联合参加。但为了能保证舞蹈组合配合默契，各联合体一般每个星期都要安排合练节目。YOYO 边解释边把那几张陌生面孔的大姐介绍给我认识。两位是亲姐妹，姓林，来自福建三明市。林姐姐还是“台湾三明市同乡会”的副会长。林姐姐家住桃园市，先生则长年在厦门忙自己的生意，一年只回台湾几次。他们成了新型的两地分居。我问她小孩多大了。她大大方方地回答："没小孩。"我说："你们这么年轻就不要小孩？"林姐姐说："哎呀，你不知道，我们虽然结婚一二十年了，可是前面十几年忙生意，没时间'造人'呀！"她现在主要做台湾三线艺人的影视中介。台湾的所谓三线艺人，类似大陆的群众演员。林妹妹现在是单身，与姐姐住在一起，在桃园市区与朋友合开了一家小茶馆。两姐妹待人很热情，她们邀我去桃园做客。

到过台湾的大陆人都知道，台湾最大的国际机场就叫桃园国际机场。可是说来也怪，我从二十世纪九十年代初，经桃园国际机场转机去美国至今，二十多年了，桃园机场来去无数趟，就是没去过距机场几步之遥的桃园市区。于是我高兴地接受了邀请。

几天后，我去台中回程的时候，发现从台中到台北的高铁要经过桃园，我就在桃园下车，与林家姐妹在附近的咖啡馆喝茶交谈，顺便寻访桃园的其他"大陆新娘"姐妹。桃园的"大陆新娘"有将近四万多人，仅次于新北市、台北市。我问及桃园的姐妹生活状况，林家姐妹认为住在市区的多还过得去，但嫁到乡下的遭家暴的就不少。我开玩笑问她们姐妹在桃园算不算富婆，她们忙摆手。我问她们能不能帮我找几个能干的大陆姐妹聊聊。林家姐妹想了想说，桃园石门水库有一位开民宿的老板娘，做得很不错。我很感兴趣地忙说："能不能带我去拜访？"林家姐妹互视一下，说："我们先与她联络一下，看她有没有空。"那天，林家姐妹还有其他的事，天也快黑了，我也要赶回台北，就告辞了。没想到，晚上十点多钟，热心的林家姐妹就发来手机短信告诉我，已约到了，只要不是周末，哪天都欢迎去她家做客。

隔了两天，我请朋友开车，请林家姐妹带路，去寻访石门水库开民宿的老板娘。可是正当我们的车努力往石门水库开的时候，林家姐妹提供的资讯可能出现了误差。半路上林家姐妹接到老板娘的电话，问我们到哪里了，林家姐妹说快到石门水库了。老板娘说她家在龙潭市区。可能林家姐妹与老板娘也不是很熟，她们以为石门水库民宿就是老板娘的家。幸好桃园不是花莲富源那样的偏乡，走错了路也不需要坐区间车，再转公车那么麻烦。况且我的朋友对龙潭也很熟，他清楚老板娘准确地址后，没走多久的弯路，就到了老板娘的家附近。可是我们到了老板娘家门口，还是闹了一个骑驴找驴的笑话。我们找到了老板娘家门牌前一个号和后一个号，但就是找不到老板娘家的门牌号，这个门牌号仿佛人间蒸发了。林家姐妹又急了，忙打电话，电话里老板娘说她看到我们了，可是我们都没看到她。林家妹妹忙下车四面张望，突然笑着大声叫道："我看到你了！"原来，老板娘的家就是前后两个门牌号之间，那带有好大一片草坪的白柱红墙的独栋大别墅。

老板娘叫张丽娟，也是"台湾三明市同乡会"的副会长。张老板娘先带我们参观她的别墅。进了别墅，就是落地大玻璃窗的大客厅，装饰金碧辉煌。楼上楼下都是大理石地板，屋里一尘不染。张老板娘说他们不长住这里，有时家乡的朋友来了，或是贵客来了，才会在这里聚会。平时她与先生住在石门水库的民宿。她站在别墅门前，指着面前那片草坪周遭的一大片空地，自豪地告诉我们，那都是她家的地盘。我心里又想,这个“大陆新娘”嫁了一个大地主?

参观完老板娘的别墅，已是吃中饭的时候了。张老板娘说她先生陪着几位客人，在石门水库附近一家活鱼餐厅等我们，要我们跟着她的车走。林家姐妹上了张老板娘的车，我还是坐朋友的车。在车上，我问朋友有何感想。我朋友的家族也是台湾南部地区的大地主。朋友说，若是十几年前，这地也许不太值钱，但现在龙潭被规划为高科技文创园区后，地价就大涨了，估计这片地大概要值好几千万了。哇塞！近亿价值的土地！

我们跟着张老板娘的车，到了石门水库附近一家活鱼餐厅，来石门水库吃鱼，在大台北地区仿佛成了都市人的一种时尚。在餐厅里我见到了张老板娘的先生，姓罗，祖籍也是福建人，个子较瘦小，看上去不像亿万家财的大土豪。我们握手时，我看到他伸出的手是典型劳工的手，干瘦但很有力，手上的茧还很厚。

然后在餐桌上边吃边聊，我对张老板娘说：“你蛮有福气呀，嫁了个好老公。”张老板娘嘴轻轻一撇，朝一旁的罗先生努努嘴：“你说说，是我嫁了个好老公，还是你娶了个好老婆？”她这么问先生，我好尴尬，而她老公却连连点头：“是我娶了个好老婆。我们家有今天，都是你带来的福气和财气。”他说，十几年前他带了二十五万台币到福建去相亲，相了二三十个，只相中了她。张老板娘冷不防又插问道：“你那二十五万台币给哪个了？”她老公一愣：“哦，给媒婆了。”我这才明白，当初“大陆新娘”嫁到台湾来，丈夫是要支付高昂的媒婆费的。但他能拿出二十五万台币来相亲，也算有钱人吧。可张老板娘又揭她先生的底了：“你那二十五万台币是哪里来的？”罗先生不好意思地搔搔头：“借的。”

张老板娘接过先生的话说起来。她说提起结婚的事，到现在还有气。当初她之所以嫁给台湾人，是赌了一口气。本来她在福建老家有一个幸福美满的家庭。但是，因为她只生了女儿没生儿子，“封建”的公婆就逼着儿子与她离了婚。恰好，这时碰上台湾的罗先生来福建相亲，就嫁给了他，想争口气在台湾重建幸福家庭。但哪知，她嫁来台湾第一天，连结婚的洞房都没有，先生住的是一间破旧的租屋，而且还背上二三十万台币的相亲债。结婚当夜她哭了整晚，简直绝望透了。原想从糠箩里跳进米箩里，哪知比糠箩还不如。但想想回去是不行了，那就凭一双手再白手起家吧。而先生也不是懒人，再说祖先还留给先生一片田地。只不过那时那里的田地不值钱。先生本来要将地卖掉，买间新房让她能过上好日子，但她坚决不同意。宁愿自己出去打工谋生，也不能乱动祖宗的遗产。

于是，她就到街上一家馄饨店打工。由于她人漂亮，嘴巴甜，这家店生意蒸蒸日上，却引起隔壁饭店老板的嫉妒。他们向当局举报馄饨店请了没有身份证打黑工的“大陆妹”。员警就把她抓起来，遣送回大陆。隔了一年多，她才再来台湾。在没有拿到身份证的那些日子，她在大陆善于理财的智慧得到了充分发挥。在大陆时她家是做建筑材料生意的，对经营她很有一套，而且她对房地产情有独钟，她说没有过自己房子的人，就是爱房子。正好龙潭的土地升值，许多人纷纷卖地，她捂住不卖，而是将地契拿到银行去抵押贷款买房。买了第一套房子后，她看房价涨了，有差价，宁愿住在破旧的出租房，也将新房转手卖了，赚了第一桶金。然后又买更多的房子

“石门森林湖畔”老板娘桃园龙潭的家

转手，再赚更多的差价，同时自家的土地也在不断升值，到银行可贷的款也越多，房子也越买越多，她成了炒房专业户。

后来她敏锐地感觉家门口的石门水库会成为观光热点，便又在水库大坝对面的一个风景优美的大社区买了三十几套房产。不过这次她不转手卖房了，她将这三十几套面向大自然美丽风光，推窗就能见到浩瀚水面的房间，做旅馆经营开起了民宿，还起了个雅趣的名字“石门森林湖畔”。这样，房子可以得到保值，空屋价值又能充分发挥。果然，几年下来她的民宿大受欢迎。有时一个长假下来，三十几套房子的住宿收入就可进账上百万。听张老板娘这么说，我急切地想去看看“石门森林湖畔”了。

吃完饭，我们到了“石门森林湖畔”。我原以为张老板娘的民宿是一片错落有致的农家住屋，哪知她的“石门森林湖畔”，就在面对石门水库大坝的一栋有着数百套房间的大厦里，他们买了最高一层楼，还买了大楼地下车库的几十个车位，改造成有几十个房间的公寓式旅馆，我也恍然明白它为什么叫“石门森林湖畔”了。

张老板娘带我们参观“石门森林湖畔”的客房时，我发现罗先生却在忙不停地收拾客房，换床单，却不见服务生帮忙。我问张老板娘“石门森林湖畔”请了多少服务生。张老板娘笑着指指忙着的罗先生，又指指自己说：“平时就我们两个。”我瞪大眼睛望着她，用眼神发问：“你们都是亿万富翁了，还这么自找苦吃？”张老板娘也看懂了我眼神的意思，说：“你知道我们台湾人、福建人喜欢唱的那支歌吗？《爱拼才会赢》。我们苦了一辈子，吃苦已习惯了，不吃苦才不自在哩！”我也明白了，难怪张老板娘的先生由衷地夸奖老婆给他带来了福气和财气。

临别前，张老板娘骄傲地对我说，她现在不但爱在台湾买房，也爱回大陆买房，过几天她又要到福州去签买房的协议哩！

21. 台北西门町“红包场”的歌女

虽然我十多年前就熟识台北了，但我第一次听到“红包场”这个名词，却是半年前的事。我请新认识的青岛籍“大陆新娘”高志宇女士和她的先生来“潇湘园”吃剁椒鱼头。那天“潇湘园”的客人不多，只有坐在餐馆左边一桌的我们，以及坐在餐厅右边一桌的一位老先生和一位中年女士。

高女士也是帮助我寻访“大陆新娘”的热心人。她来台湾之前是一所大陆高等学校的职员，后来“下海”做生意，又嫁给大陆去台湾的国民党老兵。但到台湾以后，遭遇很多不幸，而后再遇到现在的先生，在台湾的生活才逐渐安定下来。现在还是台湾“中华妇女党”的中央委员。我们点好菜，在等上菜的时候，“潇湘园”餐馆的大姐过来和我聊天。我将高女士介绍给她认识，告诉她高女士也是从大陆嫁过来的。她笑了，轻声说：“真巧，今天中午来吃饭的都是大陆来的。”我四顾一下，只有我这一桌和右边一桌那轻言细语聊天的两位。我问：“那边也是的？”她告诉我，那位女士也是大陆嫁过来的，也是湖南长沙人。我问：“他们也是一对夫妻？”

她摇头说："不是的。那位老先生是她的粉丝。"我不解："什么粉丝？"肖家大姐说："西门町'红包场'的'粉丝'。""'红包场'？'红包场'是做什么的？"我更不解了。这是我第一次听到"红包场"这个名词。但没等肖家大姐告诉我，我们的菜上来了。我与"潇湘园"大姐的交谈停止了。我和高女士夫妇三人开始对剁椒鱼头大快朵颐起来。但我注意到还在吃饭的时候，那两位结账先走了。我又好奇地问高女士的先生："你知道什么是'红包场'吗？"高女士的先生尴尬地笑笑："听说是听歌的地方，不过我没去过。讲不太清楚。"听他这么说，我以为这是一个敏感话题，高女士的先生不方便细说，我也就闭嘴了。而更让我尴尬的，原本应是我请高女士吃饭，哪知高女士的先生却抢先买单。他说他是地主，应由他尽地主之谊。那天我带着没有抢先买单的遗憾和没有弄清什么叫"红包场"的遗憾，离开了"潇湘园"餐厅。但我心想下次再来"潇湘园"时，一定要弄清楚这个"红包场"到底是做什么的，"大陆新娘"在"红包场"又是扮演什么样的角色。

我原本以为几天之后，我就可以再来"潇湘园"边吃剁椒鱼头，边求教肖家大姐什么是"红包场"，还有那天用餐的老乡"大陆新娘"的底细。没料到次日就因急事赶回大陆，待了足足三个月才又回到台湾。回来第二天我就联系"潇湘园"预订剁椒鱼头。肖家二姐回答："今天是周一公休。"又过了几天，YOYO的歌舞团排练新节目，希望我能去看看。排练场地就在离"潇湘园"咫尺之遥的西门町商圈，长沙路附近的"台湾新住民活动中心"。但是她们排练的时间是上午十点到十二点，我这次寻访YOYO歌舞团正好需要她们实

台北西门町商圈夜景

地排练的活动照，就起了个大早过去。照例我要请她们吃剁椒鱼头，大家当然很高兴。参加这次排练的，多了几个我初次见面的“大陆新娘”，有来自福建三明市的两姐妹，还有一个来自陕西，这个“大陆新娘”曾是台湾著名主持人胡瓜的嫂子，但后来离婚了。新来的几个年纪稍微大一点，很有勤俭持家观念。她们对剁椒鱼头的汤很感兴趣，要将剩下的汤打包，拿回去煮面条吃。

客人散尽了。经常上门光顾的我，已与“潇湘园”的肖家三姐妹混熟了，我向收拾餐桌的肖家大姐请教什么叫“红包场”。她惊讶地看着我："你真的不知道？"我认真地说："真的不知道。"她问我在大陆进过歌厅没有，我也认真地摇头。她可能看出我是真的不知道什么叫"红包场"，就说，"红包场"是二十世纪六七十年代，台湾盛行的小型歌舞厅，有点像香港电视剧《上海滩》里的"百乐门"歌厅。一个小小的舞台，上面有歌手唱歌，下面不大的舞池，供听歌的人和相邀的舞伴跳舞。歌手唱的歌大多是怀旧的歌，比如什么《夜来香》《夜上海》等等。那时听歌的多是国民党退伍老兵，他们回不了大陆，在台湾孤苦伶仃，就到这样的地方来寻找精神寄托。他们对心仪的歌手会非常大方地送上红包，三五百元是小红包，大红包是成千上万元。有的还将一张张大额钞票做成花环形状，送给歌手。这就叫"红包场"。

听肖家大姐这么解答，我好像有些明白，也产生想实地一探究竟的好奇心。我问她哪里有"红包场"。她笑了："你真找对人了。我等下就要去'红包场'上班。"我试着问："能见到上次在你这里用餐的歌手吗？"她说她们同在一个"红包场"上班。不过那位是歌手，她是端茶送水做服务的。我问她到"红包场"有什么规矩没有，由于传统观念太深，我总认为"红包场"这样的场所是黑道出没的地方，怕被当成肥羊任人宰割。她看出我的担心，说："等下我带你去。不远，就在西门町汉口街。"

肖家大姐忙完店里的活，正好是下午两点。我们边走边聊。她说"红包场"其实很有规矩，很有人情味。她在"红包场"上班应该是下午两点到五点，但老板知道她要给刚创业的大妹帮忙，就特许她下午两点半上班。她说她们员工在"红包场"上班是没有底薪的,全靠端茶送水服务时得到的小费。我问“红包场”要买入场券吗,她说不用买,可以站在旁边看一看,如果你想听歌,找个位子坐下来,付三百元的茶水费就可以一直待下去。我问她“红包场”的生意如何,她告诉我,“红包场”鼎盛时期是二十世纪六七十年代,那时老兵多,台湾人口袋里也有钱,思乡怀旧的都愿意去“红包场”。前些年西门町一带还有三四十家“红包场”,现在只有四家了。我问为什么,她说老兵大多死了,歌手也大多老了。她说在“红包场”当歌手也不容易。一般歌手都没有家室,青春年华进来,一唱就是一二十年。来“红包场”的多是寻找精神慰藉的,你越关爱他,他送的红包就越大,歌手赚的钱就越多。她告诉我,我们那位老乡歌手在红包场唱了十几年,虽然赚了很多钱,在长沙老家买了几十套房,在台北也买了好几套房,但她从三十出头至今,一直在红包场当歌手。她常到我们餐厅吃饭,就是想寻找家乡的感觉。当然她也舍不得那么多年一直关爱她,送她很多红包的老粉丝。

说话间,肖家大姐上班的地方到了。我环顾一下四周环境,这不就在我常去喝茶的“门卡迪”旁边吗?这是西门町商圈中心的中心。“红包场”在汉口街,离捷运站仅几步路。周围的建筑都是老旧的骑楼,像老香港、老广州街区。肖家大姐上班的“红包场”在旁边一栋骑楼。入口的玄关狭长,但两边都是“红包场”歌手的招牌,还有色彩艳丽的“红包场”实景广告海报。一看就是正大光明的公众场所,不像之前我见过的什么“清风”“微风”“兰香”之类的遮遮掩掩的小卡拉OK简餐馆。虽然也许都有风尘故事,但绝对有雅俗之分,光明与灰暗之别。我们走到玄关尽头是电梯门,肖家大姐按了上四楼的电梯。乘电梯的人不多，电梯正要关门的刹那间，又闪进一位身高比我还高，年纪跟我差不多的人。肖家大姐忙向我介绍，这是她老板，是外省二代人，对她很好。老板客气地向我笑笑点头示意。出了电梯，这位初次见面的老板又回头叮嘱肖家大姐，好好招待新客人。电梯门口有幅一人多高的年轻歌手的全身看板，肖家大姐告诉我，这是最近最红的歌手，也是“大陆新娘”。不过，最近回老家探亲去了。肖家大姐上班的“红包场”不大，也就三四十坪而已。一个小小的舞台，舞台下有一块几坪大的舞池，四周摆了几十张椅子。听歌的几乎都是银发男人，旁边坐着的女性，估计也是“红包场”的歌手。肖家大姐告诉我，她上班的“红包场”，歌手算多的，有三十几位。每位歌手一般只能唱两首歌。唱歌的时

台北西门町红楼步行区广场

候也就是她拿红包获得收入的时候。也就是说歌手只有十几分钟现场拿红包，至于有没有私下收入，就看她有没有人缘，有没有忠诚的粉丝。初见这热闹场面，喜好清静的我真有点不习惯，有点拘束。我问肖家大姐有没有包厢。她说有两间，但不知有没有人坐。她帮我向前台打听一下。

不一会她端了一壶茶过来了，带我去进门旁边的一间小房。所谓包厢，其实很简单，只能放几张小沙发椅、一张茶几，与大陆歌厅装饰奢华的包厢无法比。肖家大姐安顿我坐下后，她去看那位老乡歌手来了没有。不一会，她将那位老乡歌手请进来。之前肖家大姐也告诉我，喝喝茶，三百元台币茶费就可以了，如果要请歌手见面，顾客给的花费就要多一些。我掏出一张相当于人民币二百多元的千元台币递给肖家大姐，她转交给老乡歌手。老乡歌手摆摆手没接钱，交代她给她助理多少，给前台多少，分配完毕，自己一文不收。我暗想到底是长沙妹子，没丢掉湖南人的豪爽习性。她还对我说："初次见面让你破费，真不好意思。"我说我没来过"红包场"，今天只想认识一下老乡。她讶异地说："你是我老乡？"我用长沙话回答："是的。"她可高兴了，有点兴奋地说："想不到真的是老乡。"真是老乡见老乡，心里直发慌。她把她家住在长沙什么地方，她原来在长沙什么地方工作，爽快地都对我说了。不过，我们没谈多久，轮到老乡歌手换装准备上场了，她要肖家大姐陪我先坐坐，她唱完歌就过来。这时电梯里遇见的老板进来了，亲自端来一杯刚泡好的红茶，他说这是他自己喝的茶，请我品尝一下味道好不好。我谢过他，抿了一口，茶味还蛮不错。老板又再次叮嘱肖家大姐好好陪我。

台北西门町“红包场”外观

我坐在包厢的门口，门稍稍打开的缝，正好对着舞台，这时台上唱歌的是位穿白色晚礼服的歌手，肖家大姐成了我的讲解员，她说这是一位来自广西的“大陆新娘”，她和她的妹妹都在这里做歌手。这位穿白色晚礼服的歌手唱完两首歌下去后，长相与姐姐相似的妹妹穿着黑色晚礼服又上来了。我发现她们一开口，下面的服务生就会上台递给歌手一个大大的红包。但我仍然不明白，十几分钟时间老乡歌手怎么会赚到能买那么多房子的钱呢？肖家大姐笑了：“你看到的是现在不景气的‘红包场’，早些年‘红包场’的歌女虽然人到中年，但风韵犹存，尤其是有了能登台献唱的‘大陆新娘’后，‘红包场’几乎成了孤独老兵们唯一寄托乡思、解脱乡愁的地方。他们听到带浓重大陆口音的台湾普通话，泪水直流，身上有多少钱就送多少钱，有的歌手一上场就被老兵送上用千元台币制作的花环戴在脖子上，小小一个花环就是好几万台币呀！”肖家大姐还讲了一个她亲眼看到的场景，有一次她们“红包场”来了一位坐轮椅进来听歌的老兵，他听了来自浙江的一位歌手唱的《茉莉花》后，居然竭力地站起身，亲自替歌手挂上价值两三万台币的花环，而且那段时间天天来听歌，天天要听《茉莉花》。几十天下来，老兵送了几十万的红包。直到有一天他没来，人家说他已经走了，到天国去听《茉莉花》了。

听了肖家大姐讲述的这个小故事，我心里很沉重。没想到我原本以为是个娱乐场的地方，竟然有这么沉重的故事。我这天原本还想与老乡歌手聊聊，但手机响个不停。随着寻访工作的深入，越来越多的“大陆新娘”愿意接受我的寻访。电话就是这些志愿者打来的，我得起身去见下一批姐妹了。于是我只好匆匆向肖家大姐道别。虽然“红包场”生意不景气了，在电梯口却又见到几位坐着轮椅来听歌的老人。

我刚出电梯，刚认识的老乡歌手打来电话，问我怎么就走了，我说我有急事要离开，但还会来看她的。电话里的她似乎有点失望，但我想我不会让任何新朋友失望的。我一定会再找机会去看她，去看“红包场”。

22. 宜兰苏澳渔港的“漂浪海女”在哪里？

宜兰是台湾东北部的一个县，三面是山，一面朝着浩瀚的太平洋。这是一个风光秀丽，水陆物产丰富的地方，但一度也是我的“禁地”。

那是十几年前，我和朋友兴冲冲地从台北去宜兰游玩。当年雪山隧道还未修好，我们走的是九弯十八拐的老山线公路，在宜兰的罗东，我买到了喜爱的豆豉辣椒，在太平山古道旁的山顶水果摊买到了太太喜爱的牛奶芭乐（注：即番石榴）。

没想到下山途中，眼看就要到山脚的坪林老茶园时，曾乘车翻过雪山、越过草地，走遍千山万水也毫发无损的我，竟然在这里遇到了车祸，车撞到了一座桥的石头护墩，又被尾随的几辆车猛烈追撞，人醒过来时，已躺在了新店万芳医院急诊室的病床上了。从此，我再也不提去宜兰游玩的事了。

但没想到，今年春节一个“大陆新娘”的拜年电话，又将我和宜兰连接起来了。她在拜年电话里说了恭贺新禧的吉利话之后，忽然话峰一转，问我看了最近一期的《壹周刊》没有。我说我向来不看此类八卦杂志。但这位姐妹很严肃地说："这不是八卦哟，它又拿我们大陆姐妹说事了。你不记得上次我给你讲过，台湾不是有一些八卦媒体总喜欢针对大陆姐妹吗？前些年也是《壹周刊》讲台北的'大我退舍'成了赌馆淫窟，败坏我们的清白和声誉。"我宽慰她说："哎呀，林子大了，什么鸟都有。人家讲新闻自由，只要没人告，那些人什么都敢说。清者自清，大过年的何必为这样的事烦恼。"这位姐妹可是一个很有是非观的人，她有点生气了："刘大哥，你不也是媒体人吗？有良心的媒体人会乱讲一气吗？或者断章取义吗？"听她这么说我也认真了："你讲的这事有这么严重吗？到底是怎么回事？"

原来，这位姐妹刚刚在台北一家美容美发店做头发，过年客人多，她在等候时，随手抓起身边《壹周刊》翻看。看标题耸人听闻，讲什么"宁静的小渔村成了淫窟"，再一细看是讲一群大陆新娘集体兼职卖淫的事。她顿时气坏了，"大陆新娘"来台湾已经很弱势了，为什么大过年的还要拿"大陆新娘"中的老鼠屎来说事？卖淫难道就没有"大陆新娘"以外的人？台湾的暗娼还少吗？而更让她生气的是，轮到她做头发了，美发师问她是不是大陆来的，问话的表情怪怪的。她将杂志一扔，起身就走，头发也不做了，就打电话给我，希望我这个关注"大陆新娘"的人，能多写一些正能量的"大陆新娘"，让她们还有她们的下一代，能有个受尊重的环境，不让一些坏心人狗眼看人低。

我放下电话后，打开电脑在网上找到了这则消息。"……据香港《苹果日报》报道，台湾东部的宁静小渔村竟变成淫窟。最新一期《壹周刊》报道，宜兰一带有一群‘熟女人妻’，近期在海边集体兼职卖淫，这些放浪人士大多数是嫁给船员的‘大陆新娘’，被称为‘漂浪海女’。”但令我不解的是，转载这则消息最快的居然是“凤凰资讯网”，还有什么“环球网”“中国青年网”等网站。这些网站快速转载传播这样的资讯，客观上伤害了在台湾本来就低人一等的“大陆新娘”。网站转载这样的资讯，查证过吗？是真实新闻吗？全台湾都知道《壹周刊》老板的办刊立场和作风，全香港也无人不知《苹果日报》喜好的是什么。难道这些网站，还有那个总部在香港的“凤凰资讯网”，就不知道《苹果日报》喜欢讲什么吗？难道不知道那个被港人指责为“祸港四人帮”之一的人是什么料吗？人啊，不能见利忘义，媒体人啊，多些自身的努力，少些跟风吧！我也是越想越气，决定亲自走一趟，去宜兰苏澳渔港实地查证。看看有没有“淫窟”，看看到底有多少“大陆新娘”在“集体兼职卖淫”。

既然那则报导说得那么恐怖，为了安全起见，我特意找了台湾本地的朋友同行，开了辆还算结实的宝马车。一路上我还在想，这些无聊文人，居然还想得出套上“漂浪海女”这个名词，他们的八卦新闻，既损伤了“大陆新娘”的感情，也损伤了真正的“漂浪”之女和海女。年纪较长的台湾人都知道，当年台湾有部闽南语乡土剧就叫《漂浪之女》，是描述台湾一个出身贫寒的乖乖女从小被送到歌舞剧团，如何成长，如何面对艰难人生，自强不息，坚毅面对人生的悲情剧。其中的主题歌《漂浪之女》，曾被台湾几代本土“天王”“歌后”翻唱，经久不衰。而“海女”则是日本、韩国自古就有的职业，专指不靠辅助呼吸装置，下海讨生活的女人。她们冒着极大的风险，潜入海底捕捞龙虾、扇贝、鲍鱼、海螺等珍稀海产品，从事的可是高尚而正当但又高度危险的工作。

朋友见我一路都气呼呼的，劝慰我不要生气，现场看看就知道有没有什么“淫窟”了，说不定碰到的还是台湾渔港的本地人哩！

从台北到苏澳渔港，比我当年走山道要平顺多了。我们穿过雪山隧道，不要一个钟头就到了苏澳港。这是一个货港与军舰共用的港口。我们没有停留，我的目标是苏澳渔港。这天不是节假日，苏澳渔港没有多少游客。苏澳渔港是人工建造的内湖港湾，夹在两座小山之间，像个长方形的大池子，大池子一边是鳞次栉比的渔货商店，一边是渔村。内湖港湾停满了大大小小的渔船。

我请朋友停车，我下来沿着港湾大道步行，寻找槟榔店、小餐馆，也观察出海归来忙着收拾渔具的渔民。遗憾的是他们都讲闽南语，还有的渔工是外劳我无法与他们交谈。我沿着靠渔村这边的港湾大道走啊走，一心想找到一个“大陆新娘”，但感到奇怪的是，一路上连行人都不多见。我在几个槟榔店门前都站了一会，有年轻火辣身材的槟榔西施，但没人上前与我搭讪，大概我的扮相不像“嫖客”，可能更像侦探吧。我又到几个小餐馆门口张望，大家都在忙着，根本没人搭理我。天慢慢黑了，越往港湾里面走，人越稀少，我心里有些害怕了，赶紧打电话要朋友的车跟上来。坐上车，我们围着整个渔港转了几圈。

苏澳渔港已经安静下来了，渔船上的渔灯也熄了，只有夜雾中的路灯还亮着，根本没有灯红酒绿、花天酒地的状况。在这宁静的小渔村，我没有发现集体卖淫的“大陆新娘”。我们没有找到“漂

宜兰苏澳渔港

浪海女”。离开渔港，我还不死心，要朋友又载我到附近的小村庄去寻找，又看到好几个槟榔店，好几家便利店，还有好几个灯光昏暗的小吃店，依然没有碰到“漂浪海女”，这时夜已深了，我只好对朋友说：“回去吧。”

回台北的路上，朋友告诉我，他对苏澳渔港还是比较熟的，因为生意上的原因，常有外地的朋友来台北玩，他也常带他们来这里吃海鲜。但是，他一次也没碰到有什么“漂浪海女”的“皮条客”前来搭讪、前来拉客，更没有“漂浪海女”前来挑逗。他说，除非是有心人士，不然是找不到他们笔下的“漂浪海女”的。朋友这番话，顿时使我恍然明白什么了，也许这就是有心人士故意做的局。制造耸人听闻的标题，借大过年的时候，既扩大杂志销路，又扩大对“大陆新娘”的负面影响，一石二鸟，害人不浅。真是天下之大，什么“鸟事”都会发生。朋友要我劝慰我的大陆姐妹们，不需要为此动气。台湾标榜的新闻自由，只有强势欺负弱势的自由，有钱人歧视没钱人的自由，但多行不义必会自毙的。

23. 上过时尚杂志封面的“大陆新娘”

有人见到这个标题，或许会产生一些联想，能上时尚杂志封面的“大陆新娘”，会是怎样一个角色呢？会是“花花公子”那样的封面女郎吗？又或许是开名车、住豪宅、追随名牌的风流女郎？

望君莫乱想，人家可是一位单纯、朴素的“80后”大女孩，人家上的是大陆正规的时尚杂志，是专业健美体操教练，拿过大陆区域性健美体操比赛冠军，还在台湾大牌主持人张菲主持的台湾电视综艺节目中，与张菲共同表演过健美体操。

我在写这篇寻访录之前，虽然与这位健美体操冠军见过几面，但不知她是台湾媳妇。第一次是二〇一〇年，我在广东担任中国华人嘉年华系列活动执行主席时，她作为亚太地区东方舞大赛的裁判参加华人嘉年华。二〇一四年，我在福建担任亚洲青少年电影节执行主席时，她又以亚太地区肚皮舞大赛高级教练身份参加电影节系列活动。但直到我这次在台湾走透透寻访“大陆新娘”，行将结束之时，我与台湾的一位好朋友，她的台湾导师，一位资深舞蹈运动活动家，聊起我的“大陆新娘”寻访事宜时，我的朋友忽然问我：“你寻访过王维平没有？”王维平是这位大女孩的芳名，我诧异地说：“为什么要寻访她？”我的朋友说：“她也是‘大陆新娘’呀！”我这才恍然明白她每次参加我主持的活动都是以台湾代表的名义。

好吧，那就赶快寻访她吧！我要朋友赶紧与王维平联系，因为本书截稿日期快到了，非计划内的寻访一般都不会再进行。而令人有点意外的是，王维平和她先生此时却在深圳，几天前才离开台湾。而他们目前的事业是在大陆发展，回台湾的时间不多。我的朋友虽然是她的导师，但对学生的家事、私事仍然了解不多。我对王维平小姐更是一无所知。看来只有通过长途电话联系了。在电话联系前，我请王小姐的导师告诉她，请她将个人简介发到我电子邮箱。

当天我就在电子邮箱里看到了王小姐的简介。我也是此时才知道王小姐是山东姑娘，老家就是传说中“八仙过海”的蓬莱。也许父亲是位鲁菜厨师的缘故，口福很好的她，从小就长得很高，很小就被选上少年篮球队培养。后来又进入山东体育学校研修健美体操，二十出头到深圳当健美体操教练。一位开健身中心的台湾先生看到她的潜质，着意要将她培养成为健美达人。经过几年魔鬼般的训练，王小姐跑遍全国参加许多健美大赛，取得了傲人的名次，成为深圳市小有名气的健美小姐。而由此她也与只比她大几岁，尚未结婚的台湾先生产生了浓浓恋情。但是台湾先生的妈妈，起初害怕自己那忠厚老实的宝贝儿子被大陆女孩骗了，还专程跑到深圳考察儿子的这位女友。当发现这位大美女比宝贝儿子还傻还天真时，先生的妈妈满意地点头了。不久，王小姐就成了台湾媳妇。那是二○○四年，王小姐刚满二十三岁。

看了王小姐的简介，我与她进行了电话联系，我问她结婚十年了，日子过得还好吗。电话那头的王小姐嗓音有点沙哑，她说要听真话还是假话，我说当然要听真话。她说过得很辛苦，但很幸福。我问她这话从何讲起。她说她先生是个理想主义者，虽然先生家境殷实，但他很想在大陆发展一片新天地，一是想将自己最爱的人培养成健美明星，二是想通过自己的能力创造属于自己的事业。但缺乏社会历练的他，轻信“朋友”，被人骗走一大笔钱。之后投资一

王维平健美造型图片集锦

家环保材料厂又亏损很大,这一下她的先生陷入了极大的迷茫之中,而不善与人沟通的先生,有一段时间整日待在屋里,玩电脑、看小说,仿佛失去了生活的方向。在这时,她初次怀孕又不幸流产,小两口遭遇了生活中最困难的时刻。幸亏和善的公公婆婆及时伸出救助之手,帮助小两口走出了困境。

现在王小姐在深圳市开了家小舞馆培训爱好健美舞蹈的人,而先生也被一位朋友聘为一家大型健身中心的经理,工作很有成就感。小两口又开始有了新的梦想。王小姐说,她与先生准备还在深圳发展一段时间,等有了一定工作经历之后,他们将回台湾开一家餐饮式的舞馆。由他先生当老板,而她则既当舞蹈老师又兼厨师,她说她现在已得到厨师父亲的真传,能做一手地道的北方面食。她想看到来她舞馆学舞的人,既有身体的放松,还有美食的享受。到那时,她的“台湾梦”就可以说基本得到实现了。最后,她不忘说一句,那时还有他们的小宝宝也在一起,和他们一起享受这幸福梦想的实现。

我在电话这头静静地听完王小姐的讲述后,便说:“祝福你们,还有你们未来的小宝宝。”

王维平健美造型图片集锦

王维平与夫家聚会合照

24. 被“大陆新娘”感恩的黄阿公和钟大哥

亲爱的最近嫁来台湾的“大陆新娘”姐妹们，当你们踏上台湾土地，就可与亲爱的老公享受长相厮守的幸福时；当你们一旦成为台湾媳妇，就可外出谋求一份中意的工作时；当你们在台湾只要待上六年时间，就可拿到台湾身份证时……

你们可曾知道十几年前“大陆新娘”的境况吗？那时她们一踏上台湾这块土地，那时的台湾当局就要她们做好离开台湾的准备，因为有关部门规定她们待在台湾的时间不得超过三个月，一旦发现逾期滞留，将被遣返，再也不能入台。哪怕她们的老公和她们的儿女还在台湾，那情景真像是现代版的牛郎织女，被王母娘娘那支玉簪一划，夫妻相隔银河两边，只能遥遥相望。大家都知道早些年嫁来台湾的“大陆新娘”大多是因为没有钱，可谁知那时娶了“大陆新娘”的台湾男人，又有几个有钱的呢？大都是劳工阶层，不做事就没饭吃哪！

可是，“大陆新娘”如果没有台湾身份证，哪怕是为谋生而打工，一经被发现，就被认定为打黑工，就会被遣返，与老公和儿女仍是分隔两地。你想拿台湾身份证吗？八年以后再说吧。这意味着你这个大陆来的，在这几年里，只有如同笼中之鸟乖乖待在家中，要么就回大陆去打工吧。但这样一来，你就永远拿不到台湾身份证了。因为这都是陈水扁时期，当局设计得非常完美的阻“陆”措施。悲哀呀，悲哀！不知道这算不算是中国人的劣根性。台湾是个移民社会，但绝不是美国那样的移民社会，美国是欧洲的殖民者用坚船利炮，赶走了印第安人，贩卖来非洲黑人，然后是大量的欧洲移民占据了原本属于印第安人的土地。而台湾却是先来几百年的同属中华民族的闽南人，被误导歧视同种同族的后来人，而后的后来人又歧视新来的大陆配偶。“本是同根生，相煎何太急！”新来的“大陆新娘”，你们以为现在的境遇很好吗？你们也不过是二等半身份，你们还比不上印尼人、越南人、缅甸人、柬埔寨人等外籍媳妇。她们四年就可以拿到台湾身份证，你们呢？还要六年。

亲爱的新近嫁来台湾的“大陆新娘”们，我说这些，并非激起你们对这种不公的更多愤慨，只希望你们有感恩之心。你们有今天这么些微的利益，绝非天上掉下来的礼物，也绝非台湾政客们的良心发现，而是台湾一批有良知的正义之士，一批如同你们一样的先驱，走上街头，长期抗争才得到的。他们是谁呢？

说来也很惭愧，如果我没有这次台湾走透透，去寻访“大陆新娘”，我也不知道现在的大陆配偶，能有今天的这么一点权益，也是多么得之不易。先期的抗争者，他们是群无名英雄。在台湾这个标榜自由开放的地方，媒体虽多，却并不热心关注将近四十万的“大

“中华两岸婚姻协调促进会”带领姐妹上街头维权图片

陆配偶”。我想起一首歌里这么唱道：“从来就没有什么救世主……全靠我们自己。”是的，是有一批自己救自己的维权勇士，大家才有今天的权益。我有幸结识了他们。当然，我能认识他们，还得感谢高雄的“春天姐”。

我认识“春天姐”没多久，她就说，你要了解“大陆新娘”在台湾的状况，就一定要去请教两个人，那就是台湾最早的大陆配偶维权NGO组织，台湾“中华两岸婚姻协调促进会”的黄江南会长和钟锦明理事长。起初我并不以为然，我心想为保证我写这本书的独立性和公正性，就不能找社团、找政客，只能找“大陆新娘”本人。我也不认为这样的社团机构能给“大陆新娘”带来多大的好处。说实在话，近些年台湾大陆配偶群体中也出现了一些怪现象，许多人随兴地结党结会，但似乎并非全然为了维护“大陆新娘”的权益，让人觉得个中似乎总掺入一点奇怪的成分。因此，我第一次对“春天姐”的推荐并未在意。但随着我的寻访越来越深入，越来越多的人提到“黄伯”“黄会长”和“钟大哥”“钟理事长”这两个人的名头，我觉得应该探访他们了，听听他们是如何为维护“大陆新娘”权益而努力的。

一天，我拨通了“春天姐”给我的黄伯的联系电话。电话那头传来一个和蔼的低音，凭声音听不出“黄伯”已是八十三岁的老人了。我自报家门后说要去拜访他，他不加拒绝，欢迎我随时上门。他说除了晚上回家，他每天都会在台北市万华路的“两岸婚姻协调促进会”办公室上班。

不久，我如约前去拜访黄伯。到了促进会所在地的一栋老楼，我没看到有电梯，便走楼梯，一阶一阶直往楼上走，上了一层楼看看像住户，又上了一层楼，仍像住户。我以为找错了地方，便下楼打电话给黄伯，询问他办公室在哪里。电话里黄伯要我转身，一个中等个子、身体微胖的老人笑眯眯地面对面望着我。由于大家互不相识才弄出这背靠背找人的窘事。认识了黄伯，我问他们办公室在哪里，黄伯指指楼梯入口，旁边有一块小小的指示牌“中华两岸婚姻协调促进会”，指示箭头朝下。原来他们办公室不在楼上，而在地下室。我一开始觉得怪怪的，但猛然想起“春天姐”曾说过，“中华两岸婚姻协调促进会”没有钱，全靠“促进会”自己化缘。但台湾有钱老板宁愿把大把钞票献给政客，也不会关注弱势团体的。为了维持“促进会”的日常工作，黄伯他们曾将自家私宅抵押贷款。地下室的台阶很陡，黄伯提醒我小心。地下室很暗。先下一步的黄伯将灯打开，我才能看清所在环境。地下室分隔为办公室、会议室，还有几间小房间。黄伯说这几个房间用作“大陆新娘”遭遇家暴时的临时庇护所。那天正好遇见两个“避难者”，一个来自东北哈尔滨，一个来自江西。她们都是受到家庭暴力逃出来的。

黄伯不善言辞，基本上是我问什么，他答什么。他是我的湖南老乡，老家在邵东县。父亲原是国民党军队的少将，在抗日战争时的长沙会战中壮烈牺牲。现在大陆为他父亲建了陵墓，台湾阳明山的忠烈祠也有他父亲的牌位。他本人也是国民党的老兵，太太是河南人。黄伯今年八十三岁了。但看他的精神和身体状况，一点也不像耄耋之年的老人。他每天早上八点准时从新店的家里坐捷运，再转公交车到这里上班，而晚上不到八点是回不了家的，一天到晚忙得很。就在我们聊天时，不断有“大陆新娘”来电话咨询如何维权。而他不管认不认识，都耐心讲解，提供帮助。

会议室的墙上挂了许多照片，细看多是他们将近二十年的活动照片。有走上街头抗争的照片，有姐妹聚会的照片，也有与两岸相关部门要人的合影。黄伯送我一本二〇一四年五月编撰的《中华两岸婚姻协调促进会历年纪要》。我认真阅读后，感慨万分。倘若台湾没有像他们这样努力的人，在台湾的大陆配偶，今天真的不知会是何等境况。

从这本《历年纪要》中可以知道，从“一九九七年开始……杜福、王泉清、黄江南、甄玉芳、刘之秀、王大青等十来位热心人士，南北奔走串连，发起成立‘中华两岸婚姻协调促进会’，竭力维护大陆配偶权益”。“一九九八年十月二日发起结婚无罪诉求，在‘民意机构’大门前集会，争取正当居留权，近五千人参加。”“一九九八年十一月十一日，来自东北的刘小姐摆摊卖画贴补家用，被指违规打工遭遣返，舆论谴责当局无情，本会数名代表至龙山分局声援。”“二〇〇〇年二月二十二日，本会成立附设‘大陆新娘’之家。”“二〇〇〇年六月二十九日，致函蔡英文，督促落实生活从宽，身份从严政策。”“二〇〇二年八月十日，家暴增多，大陆配偶在庇护所已二十余人。”“二〇〇二年九月二十二日，媒体报导，有关部门拟延长大陆配偶取得身份证时间为十一年。十月十日召开会议发布新闻，定十月二十九日走上街头，进行反居留延长为十一年的抗争。十月二十九日，三千多人头绑反居留延长黄布条，抗议示威，群情激昂，旗帜飘扬。”“十一月二十九日，‘民意机构’群贤楼前陈请，请‘民意机构’制止（上述）新规通过，两千多人参加。”“二〇〇三年九月二十日，两千多人在中正纪念堂大中至正门前抗争，下午五时游行到有关部门递交陈情书。”“二〇〇三年九月二十五日，‘民意机构’宣布大陆配偶取得身份证时间仍维持八年。本会两年多来的努力没有白费。”“二〇〇四年二月四日，召开控诉有关部门漠视当事人权利，草率认定假结婚记者会。”“七月十二日，反对‘定居联审’，黄江南到有关部门静坐抗议，一连三天。”“二〇〇五年九月八日到有关部门前陈请，发起‘黑心面谈侵害人权’抗议活动。”“二〇〇六年五月二十日，至‘劳动管理部门’抗议，递交陈情书督促取消大陆配偶团聚两年期间不许工作的限制，督促采认大陆学历。”“二〇〇七年六月十八日，谴责当局污蔑大陆新娘离婚率高、认同度低等谬论。”“二〇〇八年十一月二十五日，陆配定居年限八年减为六年，当局仍未兑现陆配权益与外配一致化政策（外配为四年）至‘民意机构’抗议。”“二〇一一年六月八日，到民进党党部抗议其对待陆配的政策，要蔡英文谈清楚。”

我发现《历年纪要》里记载的各种抗议活动中还有这么一张照片，黄伯戴着写有“白色恐怖”四个字的口罩，持着一块抗议“定居联审”的看板，静坐在有关部门门前。我不解地问：“什么叫‘定居联审’？”他解释道，所谓“定居联审”，有点像“政治审查”。嫁来台湾十几年的黄伯的太太，按规定早就可以领到台湾身份证了，但就因为他太太曾是共产党员，就迟迟领不到身份证。我又问：“那你为什么独自一人去静坐呢？这么大年纪一坐好几天，很辛苦呀！”他说，按照规定，一个人去静坐不用申请，多几个人去就要申请，若申请通不过，去静坐就违规了，要被抓到警局去的。他又说，他静坐时并不孤单，许多支持他的人，站在远远的马路对面，默默地支持他。看来，在台湾维护自己的权益，还得讲究一点窍门。

与黄伯交谈时，黄伯总是很谦虚地说，他人老了，又是大陆配偶，能为姐妹们尽些力是应该的，但快做不动了。不过，前不久“促进会”换届了，之前的“老会长”钟锦明又回来当会长了。后继有人，他就放心了。黄会长告诉我，钟会长的太太也是大陆配偶。这么些年来，他们一老一少团结努力，为大陆配偶还是做了不少事，要我也听听钟会长的意见。

几天后，我与钟会长联系上了。当时他人在新北市的三重区附近办事，约我在先啬宫捷运站南出口见面。天空下着大雨，我在约定时间到了捷运站南出口。但电话打过去却无法接通。可我上捷运之前还与他通了电话的。我想大概下雨天，手机信号不好吧。反正初次到这个地方来，顺便逛一逛，长点见识，就出了站，沿着能遮雨的旧骑楼逛逛。早就听说三重的卤猪脚非常有名，入口即化。我是卤猪脚爱好者，当然第一目标找它。不过，到了街口转角处，却闻到香喷喷的烤胡椒饼的香味，闻香找到了在街边的胡椒饼专卖点。我先问老板有没有放“九层塔”，这是一种香味很怪异的香草，我最不喜欢，却是台湾本地人的最爱，尤如湖南人炒菜必放辣椒一样。“九层塔”在台菜料理中也占有很重要的位置，我那虽是“外省挂”的太太，由于在台湾土生土长，“九层塔”也是她的最爱，但因为我不喜欢，太太就再也没在我面前吃过它了。得到老板没放“九层塔”的回答后，我先买一个尝尝。刚出炉的胡椒饼里塞满鲜汁流淌的三星葱和肉馅，味道美极了，我又买了好几个。边吃边打钟会长的电话，仍然打不通。眨眼间一个钟头过去了，胡椒饼也吃了好几个。这时我不免有些想法，这个钟会长是不是爽约了。我急中生智想到“春天姐”，向她请教如何才能与钟会长联系上。“春天姐”安慰我不要着急，她帮我联系。几分钟后，“春天姐”来电话了，她说钟会长不知道先前那个手机没电了，电话一直没响以为我不来了。“春天姐”要我打他的另一个手机。电话联系上了，钟会长就在附近与外地来的朋友喝茶。钟会长要我在旁边的“星巴克”等他。不一会，钟会长来了。一副粤派老板模样，留平头，短裤、拖鞋，手腕有串沉香佛珠；中等身材，个性爽朗，看样子有四十来岁。他见面连声说“不好意思”。他说太太的亲戚刚从美国来台湾，他正陪他们喝茶。同时他还要忙家族事业，所以很多事都顾不上。聊天中我得知，他们家族经营台湾很有名气的烘焙店，现在上海名气也很高，经典烘焙店“克里斯汀”，就是他们家族的品牌店之一。我问他为什么像黄伯一样，热衷于“中华两岸婚姻协调促进会”的公益活动。他不假思索地说，台湾对“大陆新娘”的歧视政策，实在令人看不下去，台湾社会对“大陆新娘”的负面议论，也实在令人看不下去。他的太太也是来自大陆，十几年前两人在广州恋爱结婚。太太起初不愿来台湾，太太的家庭有许多居住在美国的亲戚。太太说美国我都不去，还会来台湾？这对他影响很大，如果“大陆新娘”在台湾有正面评价，有合理公平的社会地位，相信太太会高高兴兴来台湾的。因此，十几年前他就积极参加“促进会”维护“大陆新娘”权益的活动。他看到“促进会”没有经费来源，像黄伯这样没钱的老会长，都能拿出自己的房子去抵押。他说他也是大陆配偶的相关方，他的家族比一般“大陆新娘”的夫家更有实力，就更应该积极参与“大陆新娘”的维权活动。因此，每次活动他都愿意出钱出力。他之前连任了两届会长。隔了一届后，最近又当选为新任会长。我说最近你们的社会活动少多了，“促进会”还能做些什么？他说：“是呀，没有开展社团维权活动了，大家都会心散的，因此我们就要组织其他的活动来凝聚大家的热心。比如开展回娘家活动，最近我们就与大陆相关社会团体合作，举办了湖北神农架大陆配偶子女回外婆家夏令营、湖南张家界夏令营。让‘大陆新娘’的下一代认识自己的外婆家，当然更多的是爱台湾的活动。”他们常组织“促进会”的会员，到台湾各风景名胜区开展亲子旅游活动，进一步认识台湾，加强交流。钟会长说到这里，问我知不知道桃园市有个叫“拉拉山”的神秘而美丽的地方。我哈哈大笑，我说我没去过，但听说那里山路崎岖，不过拉拉山的水蜜桃最美味！他说，他们家族在拉拉山就有一大片山林，还有一大片房产，现在是拉拉山的著名休闲观光民宿。他说什么时候有空，愿意亲自开越野车带我去参观。他还告诉我，不久前，“春天姐”她们就包了几辆大游览车，专门从几百公里外的高雄去拉拉山举办亲子活动哩！

“中华两岸婚姻协调促进会”钟锦明会长（左一）和黄江南会长

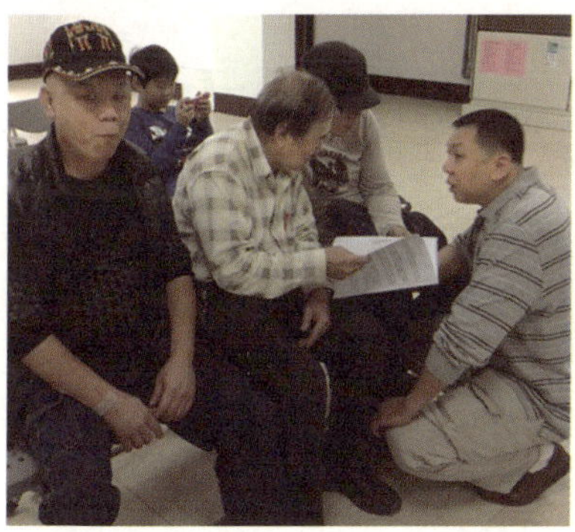

钟锦明会长与黄江南会长商量工作

黄江南会长在“中华两岸婚姻协调促进会”办公室

三、收笔感言（代后记）

感言一：

如果没有这次台湾走透透的寻访“大陆新娘”，我会有许多许多不知道的台湾人、台湾事、台湾山山水水，更不会知道将近四十万，占台湾人口五十分之一的大陆配偶的生活状况，是多么的丰富多样，是多么的复杂。

四十万人想什么，做什么，能产生多大能量，谁能知道？谁能估量？但有一点不用多加揣摩就是我们应该知道的：

她们是和平的母亲。

她们是温情的妻子。

她们是贤惠的媳妇。

她们带来多元文化。

她们带来不同观念碰撞。

她们带来新生活冲击。

她们带来包容。

不要伤害她们！不要侮辱她们！不要暴力她们！

她们是可爱的依人小鸟，她们也可能是愤怒的狮子，她们热情善良，当然她们也会有小诡计、小算计，人嘛，谁没有？相信这个道理你懂的。

感言二：

本次寻访“大陆新娘”之行，我原本以为只要能找到“大陆新娘”的线索，访谈起来应该不是难事，但事情并非如此简单。几年下来，我接触到的“大陆新娘”不止一百位，但愿意用真名真姓出现的人并不多，她们有许多顾忌，有许多隐忧，或怕“树大招风”，或怕“枪打出头鸟”，更怕伤及夫家与儿女。要知道，台湾好人很多，恶人可也不少，尤其是无聊政客和电视节目中的那些靠嘴巴混饭吃的所谓名嘴。

在寻访中，我不断听到大陆姐妹说孩子们在学校、在社会的遭遇。大陆姐妹们说，孩子们最怕听到的三个字，不是台湾骂人的三字经，而是“大陆货”。一个姐妹的孩子姓金，在学校成绩很好，一次，一个新来的老师以为姓金的孩子是韩国人，在课堂上表扬她来自韩国，成绩不错，没料到老师话未说完，全班的孩子们居然异口同声：“她是‘大陆货’！”还有不久前的台南，一个大陆姐妹的孩子忍受不了学校一些人的讥讽，留下遗书谴责歧视跳楼自杀。此事本已够大了，可没想到姐妹们要正义反歧视的诉求，反被人斥为族群撕裂，怪哉！怪哉！逼人跳楼的非族群撕裂，为跳楼者鸣不平的反倒成了族群撕裂，这是什么道理？“救救孩子！”这是鲁迅在《狂人日记》中的呐喊，此时借用之，希望台湾本土的正义人士像爱本土的孩子一样，也多给大陆配偶孩子一些爱。他们也是台湾的孩子呀！

感言三：

值此书即将付印之际，我要深深感谢所有寻访时见过的姐妹们，她们无私地掏出心里的话与我交流，她们让我看到一个个活生生的、真实的台湾“大陆新娘”。她们用自己的勤奋、智慧、坚韧和善良，创造了台湾新住民的历史，她们如同几百年前的先来者一样，有的实现了自己的梦想，有的正在实现梦想，相信随着岁月的流逝，一种更有活力、更多元的台湾新文化，会积淀形成。相信有这么一大批两岸民间往来使者的形成，海峡两岸和平之桥将会有着更加有力的支撑。

值此，我还要深深感谢支持我进行寻访的众多朋友，是他们给了我走透透寻访台湾“大陆新娘”的勇气和力量。

但遗憾的是，尽管几年下来，不说行了八千里路云和月，不说走遍了台湾的山山水水，然而也绕行台湾好几圈；但我的寻访，仍是挂一漏万，还有许许多多在台湾生活的大陆姐妹未能谋面，未能将她们的事迹写出来，值此表示深深的歉意。而本书中倘若有表述不完整之处，亦敬请诸位姐妹海涵谅解。谢谢！

湖湘老民于台北新店寓所

附录：《多元台湾我的家》大陆地区配偶就业服务资源

http://www.wda.gov.tw/index.jsp